処刑フラグの悪役貴族に転生したが、死にたくないので闇魔法を極めてヒロインたちを救います1

病弱なヒロインをケアしたら なぜか俺が溺愛された件

[illegible]な

HJ文庫
1234

口絵・本文イラスト　赤井てら

目次

【プロローグ】

「……さん！　聞こえますか⁉　大丈夫ですからね！　絶対助かりますよ！　……すぐに先生呼んで！」

　ぼんやりする頭の片隅に、担当の看護師さんの切羽詰まった声が聞こえる。ピコンピコンという、心電図モニターの忙しないアラーム音も。意識は朦朧としているくせに、胸だけはしっかり苦しい。病室の異様な雰囲気を感じながらも、どこか冷静に思う。

――ああ、俺は今日ここで死ぬんだな……と。

　終ぞ、胸の病気が治らなかった。子どもの頃から、数m歩いただけで息切れする。十六歳の現在までずっと懸命に治療を続けていたが、どうやらここまでらしい。ろくに身体も動かせず、病室から出ることもできない。学校に通うことはおろか、友達だって一人もできなかった。走馬灯のように思い浮かぶのは、病室の無機質な白い天井と壁ばかり。

――俺にも何か楽しい思い出があったら良かった……。

病弱な俺は、人生をほとんど病院のベッドで過ごした。結局、苦しみしかなかった人生というわけか。やるせない思いを抱いたとき、壮大な自然の中で魔法を使うイメージが見えた。……そうだ。一つだけ、やり込んだゲームの楽しい思い出があった。

――【エイレーネの五大聖騎士】。

世界中で大人気のオンラインＲＰＧで、身体が動かせない俺にはピッタリの生き甲斐だった。簡単に言うと、中世ヨーロッパ風の異世界で、剣と魔法を駆使してモンスターや魔族を倒すゲームだ。

主人公は平民だが貴族ばかりの魔法学園に入学し、修行を重ねて少しずつ強くなり、やがて凶悪な魔の手から世界を救う……。作り込まれたストーリーもそうだが、何より魔法を使ったり、広い世界を目一杯走り回ったりするのが楽しかった。俺もこんな風に生きたいと強く思えた。このゲームをプレイしているときだけは、胸の苦しみや現実を忘れることができたっけ。でも、死んだらもう遊ぶこともできないんだな。そう思うと、より一層悲しくなる。

突然、不思議と胸の苦しみが和らぎ、だんだん眠くなってきた。生物としての本能なのか、死が近づいているのだとわかる。死を目前にして、願うことは一つだけだった。

――最後、一瞬だけでもいい。またあのゲームがやりたいな……。

その願いが叶(かな)うはずもなく、目の前は完全な闇(やみ)に覆(おお)われ、俺は急速に意識を失った。

【第一章：悪役転生と待ち受ける運命】

「おい！　さっさと運べよ、クソメイド！　ちんたらしてんじゃねえっての！　俺様様の命令が聞けねえのかよ！」

気がついたら思いっきり怒鳴っていた。しかも目の前には、メイド服を着た女の子がいる。唐突な事態に激しく混乱した。

――……あ、あれ？　俺は死んだんじゃないのか？

「も、申し訳ございません、ディアボロ様っ！　今すぐ運びますので……げほっごほっ！」

女の子は大慌てで、何個もの木箱を部屋から運び出す。俺は何が起きているのかわからず、しばしポカンとする。徐々に頭が動いてきて、周りの様子がおかしいことにも気がついた。

ここはいつもの病室じゃない。かと言って、自宅でもなかった。広々とした室内にはシックな赤色の布が張られた椅子やソファが何脚も置かれ、細かい装飾が施されたタンスやテーブルが鎮座する。壁には美術館にあってもおかしくないような美しい風景画が飾られ、天井には煌（きら）びやかなシャンデリアまで吊（つ）るされている。

ここはいったい……どこだ？　夢でも見ているのだろうか。しかし、夢にしてはやけにリアルだな。身体は自由に動かせるし、胸に手を当てると心臓の鼓動（こどう）も感じられた。少し目線が低いのが気になるが……。

ふと、大きな姿見を見た瞬間（しゅんかん）、血の気が引くのを感じた。

「……なんだこれは……？」

俺じゃない男が映っている。さらりとした金髪（きんぱつ）に、澄（す）んだブルーの瞳（ひとみ）、シュッとした鼻筋。ニキビ一つない肌（はだ）は、触（さわ）らなくてもスベスベだとわかる。イケメン少年といった風体（ふうてい）なのだが……なんだろうな。どことなく嫌（いや）なヤツ感が滲（にじ）み出ている。

悔（くや）しいが、俺はこんなイケメンじゃないぞ。見間違（まちが）えか？　幻覚（げんかく）か？　試（ため）しに右手を挙げる。鏡の中のそいつは左手を挙げた。

「うぎゃあああああっ！」

「ど、どうなさいましたか、ディアボロ様！　ごほっ、ごほっ……！」

待て待て待て待て！　何が起こっている⁉　もしかして、夢でも見てるのか⁉　顔をつねる。痛い。身体の実感だってちゃんとある。つまりこれは現実だ。だが、鏡のこいつは俺じゃない。いったい何が起きているのかまったくわからないぞ。

鏡に向かって叫ぶ。

「お前は誰だ⁉」

「わ、私はマロンと申します」

「違う！　鏡に映っているそいつだ！」

「ディ……ディアボロ・ヴィスコンティ様でいらっしゃいますが……」

「なん……だと……？」

少女が怯えながら告げた瞬間、身体中を雷撃が走った。ちなみに、実際に雷に打たれたわけじゃない。比喩だ。

――ディアボロ・ヴィスコンティ……。

俺は明確にその名を知っている。いや、覚えている。超大人気オンラインRPG、【エイレーネの五大聖騎士】に出てくる悪役の名前だ。ヴィスコンティ公爵家の跡取り息子。

たしかに、自分の顔をよく見るとディアボロだった。なぜ俺が……。記憶を必死にたどる。

思い出されたのは、看護師さんたちの切羽詰まった声と、ピコン……ピコン……ピーッ……という無機質な心電図モニターの音。それが最後に聞いた音だ。思い返すと今でもゾッとする。心停止の音が最後ってことは、きっと死んだんだ。

だが、ディアボロとして生きている。それはつまり……

──ゲームの世界に転生したってことか？

何でよりによってディアボロなんだ。主人公とヒロインたちに殺される運命の、最低最悪な暴虐(ぼうぎゃく)貴族なのに……。

「あ、あの……ディアボロ様……？」

頭を抱(かか)えていたら、メイド服を着た子のか細い声が聞こえ現実に戻(もど)った。目の前にいるのは、緩(ゆる)くウェーブのかかった栗色(くりいろ)の髪(かみ)に、同じく栗色の瞳をした痩(や)せた少女。顔を見ていたらゲームの記憶が蘇(よみがえ)った。

彼女(かのじょ)はマロン。ヴィスコンティ家のメイドだ。身体が病弱で喘息(ぜんそく)があり、口元を常に白い布で覆っている。この世界では喘息を治す薬や魔法はまだないらしく、マロンはずっと苦しんでいる。にもかかわらず、ディアボロは毎日毎日こき使う。敢(あ)えて埃(ほこり)まみれの部屋を掃除(そうじ)させたり、わざと急がせて息切れさせたり……まさしく非道の数々だ。

一方、原作主人公は聖魔法で彼女の体調不良を治す。結果、ディアボロはマロンが秘(ひ)めていた強力な火魔法で焼き殺される。

本当に、ここは生前遊んだゲームの世界なんだと実感する。目の前にいる少女がいずれ己(おのれ)を殺す人間だと思うと、背筋がひんやりした。とりあえず、状況(じょうきょう)を把握(はあく)する。

「こ、この荷物はなんだ？」

「〝エイレーネ聖騎士学園〟入学のため、公爵様がお買いになった本だと仰っていました……ごほっ」

中を開けると、大量の本が入っていた。魔動力学、魔法薬学、理論的魔法の実践書……。どれも難しそうな本だ。ディアボロの記憶があるからか、見慣れない字もしっかり読めた。

「なぜ運ばせているんだ」

「読む気にもならないから捨てろ、ということでした」

「……全部マロンにやらせていたのか？」

「は、はい、そうです……げほっげほっ」

なるほど、ディアボロは想像以上のクソだったらしい。思い返せば、ゲームでもとにかく嫌なヤツだったたな。主人公やヒロインに絡んできては、権力を振りかざしていじめてくる。世界は自分を中心に回っている、と考える傲慢な男。断罪されるのも納得だ。

なぜ、ディアボロに転生したのかはわからない。理由はわからないものの、一つだけ確かなことがある。

――このままでは俺はいずれ死ぬ……いや、殺されてしまう。

暴虐貴族として生きていたら、断罪されるのは明白だ。変わらなければならない。生まれ変わった、この瞬間に。死の恐怖だって、身体に鮮明に刻まれている。

――俺は……死にたくない！

それに、ゲームをプレイした俺は、ディアボロの暴虐ぶりがよくわかる。あんな横暴な人間にはなりたくない。前世では人並みの人生すら送れなかったのだ。

――真人間として真っ当に生きたい……生きてみたい。

心の中で強く決心した。二度目の人生、全力で楽しむんだと。まず、今やるべきことは……。荷物の箱をマロンの手から回収する。

「荷物は運ばなくていい。マロンは早く休みなさい」

「……え？　で、ですが、一度始めた仕事は最後までやらねば冷水をかける、という方針では……」

「いいから、荷物貸して！　もう冷水もかけたりしない！　方針転換なの！　働き方改革！　マロンの今日の仕事は終わり！」

「あっ、ディアボロ様……！　あ～れ～！」

マロンを使用人の休憩室に押し込め、自室に戻る。この辺りも、ディアボロの記憶がしっかりあった。

ベッドに寝転んで今後のことを思案すると、不意に気がついた。慌ただしく活動したものの息切れしていない。いや、正確には息が若干荒れているのだが、前世の身体よりはずっと楽だ。前は少し歩いただけで動けなくなっていたのに……ん？　ということはだな。

――この身体は……健康なんだ！

健康な身体に、恵まれた（資産的に）家庭環境。これは逆にチャンスかもしれないぞ。たしかに、ディアボロには断罪ルートが待っている。だが、まだやり直せるはずだ。ここはゲームの世界……あっ！　もしかして、あれができるんじゃないか？

――ステータス、オープン！

心の中で念じると、頭の中に映像が浮かんだ。

【ディアボロ・ヴィスコンティ】

性別：男
年齢：十四歳
LV：8／99
体力値：25
魔力値：1
魔力属性：闇（解放度：★1）
称号：稀代の嫌われ者、暴虐貴族、使用人の敵思った通り、ゲームみたいにステータス画面が見られるんだ。すごい嫌われようだ。しかし、やけにレベルが高いな、どうした？

たしか、原作のゲームスタートは学園入学の日。それでも、みんな5くらいが妥当だったと思うけど。おまけに体力値も高い……………そうか、使用人をいじめていたからだ。叩いたり殴ったりしていたからレベルアップしたんだろう。しょうもなくて虚しい気持ちになる。

——何はともあれ、今から全て変えるんだ。

ディアボロの人生が破滅に傾き始めるのは、〝エイレーネ聖騎士学園〟の入学時点。原作主人公に模擬戦で負けた結果、威張っているだけで弱いヤツ……という認識が広がる。さらには、原作主人公が聖魔法でヒロインたちの身体を癒し、みんな彼の味方になる。結果、断罪。

となると、当面俺のやるべきことは、負けないように強くなることと、ヒロインの病気を治すことの二つだな。断罪ルートを回避するのだ。しかし、入学までといっても、なるべく早く治したい。体調不良の辛さは俺が一番よく知っている。

俺が苦しめたヒロインたちに謝罪し、主人公より先に健康問題を解決し、命乞いをすれば許してくれるかな？　過去の悪行の数々を。

…………。

いや、頑張(がんば)れ、俺！　今までの行動を変えて断罪フラグを回避するんだよ！　顔を叩いて気合を入れる。ディアボロの魔法属性は闇。闇属性で回復魔法を使うのは不可能とされている。

だが、ゲームをやり込んだ俺は知っている。解放度を最高の★10まで上げれば、闇ヒール系の強力な回復魔法が習得できることを。ヒロインたちの健康問題を事前に解決しておけば、原作主人公に癒されて仲間にされる展開は回避できるはずだ。俺の印象だって、少しは良くなるかもしれない。

俺は決めた。絶対に断罪ルートを回避し、新しい人生を思いっきり楽しむんだ。

暗い洞窟(どうくつ)の中、俺は今日も必死に修行の時間を過ごす。息も絶え絶えになって思わず動きが止まると、暗闇(くらやみ)から恐(おそ)ろしい幼女が姿を現した。杖(つえ)を掲(かか)げると、猛烈(もうれつ)な勢いで叩く。

……俺の尻(しり)を。

「もっと腰入れるんじゃっ！　魔法舐めとんのかぁ！」

「あああ～！」

「どうなんじゃっ！」

「舐めてません！　舐めてません！　あああ～！」

師匠に叩かれる尻が痛い。ディアボロの改心ルートでは、こんなに尻が犠牲になるとはまったく思わなかった。おまけに、特殊な環境下なので爆速で疲労が溜まる。どうしてこれほど厳しい修行となったのか……。

話は今から数日前に遡る。

◆◆◆

マロンを休ませた翌朝、彼女が朝食を持ってきた。どうやら、俺はわがままにも自室で飯を食っていたらしい。マロンは俺と接触するや否や、真っ先にお礼を言った。

「ディアボロ様、昨日は本当にありがとうございました」

「な、何か感謝されるようなことしたっけ？」

「休ませていただいたおかげで体調が良くなりました。ディアボロ様の優しさが染み入ります」

マロンは深々と頭を下げる。たった一日（というか、半日）休ませただけで、この感謝のされよう。ディアボロの非道な行いが垣間見えた。

「あまり無理しないようにな。俺もマロンの仕事量を……いや、使用人たちの仕事を減らすようにするから」

「ありがとうございますぅ……ディアボロ様ぁ……」

マロンの瞳にはうるうると涙が浮かぶ。ちょっとチョロ過ぎやしないかね、と思ったが、すぐに納得した。

彼女は病弱な生活を送ってきたせいで、人の優しさに弱い。主人公に身体を治してもらうと、それだけで好感度が激しく上がってしまう。まぁ、その反動で重いヤンデレにもなるわけだが、それは別に関係なささそうだな。

「みんなにも伝えるから、大食堂に人を集めてくれ」

マロンに話し、朝食を済ませる。大食堂へ向かうと、すでに使用人が一堂に会していた。

部屋に入った瞬間、怯えた様子で一斉に挨拶される。

「「お、おはようございますっ、ディアボロ様っ！」」

みな、冷や汗をかき体は震え、怖じ気づいている。いったい何が怖いんだ……そうか、俺か。

「みんな、楽にしてくれ」

「「……えっ」」

たったその一言で食堂はどよめきに包まれた。どこまで恐れられているんだ、俺は。いや、今こそ変わったことを示さなければ。

「そんなに怯えなくて大丈夫だ。俺は変わったんだよ。もう二度と怒鳴ったり、殴ったり、冷水を浴びせたり、ゴブリンと戦わせたり、オークのすり身を食わせたり、モンスターの巣に置き去りにしたり、二十四時間労働をさせたりしない」

次から次へと今までの悪行が口をついて出る。……よく殺されなかったな、俺。わざわざゲームのラストまで行かなくても、処刑されていそうだった。

使用人たちはざわざわと顔を見合わせる。本当に真実か、にわかには信じられないようだ。やがて、一人の男が硬い顔をして前に出た。

「ディアボロ様、恐れ多くも申し上げます。今おっしゃったことは誠でございましょうか」

執事長のラウーム。濃いグレーの髪をオールバックにしており、視線は鷹のように鋭い。年は……たしか今年で五十歳だ。実はマロンの父。代々、彼らの家はヴィスコンティ家に勤めているようで、表向きはディアボロの忠実な部下となっていた。そう、表向きは。

将来、彼は離反するのだ。物語が進むにつれて主人公側につき、最後にはヒロインたちと一緒に俺を断罪する。その動機は明白だ。ラウームは、遅くして生まれたマロンを誰よりも溺愛していた。

だから、病弱なのに苦しめる俺が許せなかったのだ。父として守りたいが、公爵家という権力が立ちふさがる。顔にはまったく出さないが、その心には今も憎悪が渦巻いているのだろう。真摯な気持ちでラウームに答える。

「ああ、本当だ。今後は使用人の仕事も減らすつもりだ。もちろん、給与は変わらない。いや、今まで迷惑をかけた謝罪として、五倍に増やすよう父上に進言しよう」

「「──！」」

使用人たちのどよめきは、今や大きなざわめきとなった。みんな横にいる同僚たちと嬉しそうに話す。先ほどまでの怯えた表情は消え、笑顔が見えた。

ただ、ラウームだけは硬い表情を崩さない。給金が上がると聞いても、その顔に喜びの感情はなかった。理由はわかっている。マロンをいじめ抜いてきた件だ。大事な一人娘を苦しめまくった男が、金をたくさん払うといってもすぐには評価が上がらないだろう。むしろ、これくらいで許すなんて思わないはずだ。そんなのゲームをしていなくてもわかる。

俺はラウームの前に近寄ると、静かに頭を下げた。ざわめきは止み、室内が静寂に包まれる。

「……ディアボロ様、頭を上げてくださいませ。主に頭を下げられるなど、使用人にあってはならないことでございます」

「ラウーム、マロンの件では本当に申し訳なかった。体の具合が悪いのに毎日毎日こき使って……恨まれるのは当然だ」

「ディ、ディアボロ様っ！　何を仰いますか！　マロンの病弱がいけないのですからっ！」

「いや、彼女の体調を考慮しない俺が悪い。というより、今までが横暴過ぎた。謝って済むことではないが、どうか謝らせてほしい……本当に申し訳なかった」

精一杯の気持ちを伝える。すぐにマロンの病気を治すことはできないが、今は誠意だけでも示したかった。

「「うっ……うっ……！」」

な、なんだ？　突然、誰かの泣き声が聞こえてきたぞ。周りを見ると泣いていた。ラウームはじめ、みんなが。え、ええ……。

「「ディアボロ様が謝れるなんて……しかも、頭をあんなに下げて……」」

……マジか。謝っただけでこの反応。ディアボロよ、お前はどこまで極悪人だったのだ。

朝食が美味かった、作ってくれてありがとうとも言うと、使用人たちは顔を見合わせ、またざわめきだしてしまった。

埒が明かなくなりそうなので、俺はそそくさと食堂を出る。この後行きたいところがあるのだ。

□□□

「ディアボロ様、どちらへ行かれるのですか？」

屋敷の周囲に広がる森の中を歩いていると、後ろから少女の声が聞こえた。マロンだ。

「お父さん……ごほんっ。父上の屋敷だよ」

ディアボロは家族と離れて暮らしている。離れと本邸みたいな関係だ。父親は悪逆息子の世話に手を焼き、離れを用意したらしい。マロンが俺の横に並んで言う。なぜか嬉しそうに。

「お供いたします、ディアボロ様」

「えっ、別にいいよ、そんなの」

「いいえ、ぜひ。今日は体調も良いみたいなので」

と力強く言うので、マロンも連れて行く。ディアボロの記憶に従い十五分ほど歩くと、本邸に着いた。離れもクソでかかったが、その比ではない。まるで王宮なのだが。改めて見ると圧倒されるとともに、別の意味でも圧倒された。

……いや、遠くね？　それほどヴィスコンティ家の領地が広いとも言えるが、俺はどれだけ父親に嫌われているのだ。

屋敷に入り、使用人たちに怯えられ、やたらと長い廊下を進み、父親の書斎に着いた。

「父上、お忙しいところ失礼いたします。ディアボロでございます」

「誰だ、お前は」

重厚な樫の扉を突き抜け、硬い声が聞こえる。横暴が過ぎるディアボロ。無論、親子仲も最悪だ。この身体で会うのは初めてなので緊張する。

「ディ、ディアボロでございます」

「帰れ。仕事の邪魔だ」

おお……っふ。想像以上の塩対応じゃないか。すでに心が折れそうだったが、力を振り絞って用件を伝える。

「本日は三つのお願いがあり、こちらに参りました。お願いいたします。話だけでも聞いてくださいませんか？」

「……入れ。三分間だけ相手してやる」

ようやく入室の許可が得られ、そっと扉を開ける。俺の部屋より五倍は広い執務室。その一番奥に父親はいた。

――グランデ・ヴィスコンティ。

くすんだ金髪は短く切られ、深いブルーの瞳は老いてもなお宝石のように輝く。首が太く、衣服の上からも筋肉で身体が盛り上がる。ヴィスコンティ公爵家の現当主だ。今は書類仕事の最中らしく、下を向いて何かを書いている。ゲームでさえ威厳に溢れかえっていたが、実物はまた一段とすごい迫力だ。

圧倒されていたら、父親は静かに口を開いた。

「三分間黙り込んでいるつもりか？」

「あっ、いえ！　すみません！　黙り込みません！　一つ目のお願いでございますが、使用人たちの給金を五倍にしていただきたく存じます」

「……なぜだ」

父親は俺の顔を見ようともしない。それだけで親子の距離というものを痛いほど感じる。

「俺……私が迷惑をかけてきたことに対する、謝罪の意思を示すためです」

「なんだと……？」

父親は初めて顔を上げた。その鋭い眼光の奥には、強い疑念が渦巻いている。

「私はようやくわかりました。自分を支えてくれる人をどれだけ傷つけてきたのか……。過去の愚かな自分と決別したいのです」

「ならん。貴様の言うことは信用できない」

淡々と言うと、父親はまた机に視線を落としてしまった。それっきり何も言わない。

……ダメか。やはり、過去の悪行で俺の信頼は地の底に落ちているようだ。父親が会話を再開する気配はない。諦めて帰ろうとしたとき、マロンの声が静寂を切り裂いた。

「お、恐れながら申し上げます、公爵様。ディアボロ様は本当に変わられました。先日私が体調を崩したとき、すぐに休ませてくださったのです」

「……君はうちの使用人かね?」

「は、はい。私はマロンと申します。ディアボロ様のメイドをさせていただいております」

そう言って、マロンは慌てた様子で頭を下げる。使用人が主に向かって、許可なく意見を言うなどもってのほかだ。下手したらクビが飛ぶぞ。

「お、おい、やめろよ、マロン……」

「ずっと近くにいた私にはわかるのです。ディアボロ様は変わられました。その目には善の心が宿っています」

「ふむ……」

父上は見定めるように俺とマロンを眺める。見られているだけで、全身がピリピリと痛むようだった。

「いいだろう。使用人の給金を五倍にする。だが、ディアボロがまた悪行をしたらこの話は無しだ」

「ありがたき幸せでございます、父上」

急いで頭を下げる。まさか了承されるとは。マロンに救われたな。父上は硬い表情を崩さないまま、言葉を続ける。

「それで、二つ目の頼みとはなんだ？」

「はい、魔法の専門的な訓練をさせてください」

「……貴様が？」

「〝エイレーネ聖騎士学園〟入学に向けて、少しでも努力を重ねたいのです。そこで、魔法の家庭教師をつけていただきたく存じます。可能なら高名な方を……私一人ではどうしても難しく……」

ここだけは自分の願望に忠実にいきたい。当たり前だが、魔法の訓練なんてしたことないからな。師匠がいた方が効率いいだろう。父上はジッと俺を見る。

「……最後の頼みは？」

「〝超成長の洞窟(ハイグロース)〟の使用許可をいただけませんか?」

――〝超成長の洞窟〟。

疲労が五倍になる代わり、経験値の獲得(かくとく)スピードも五倍になる隠(かく)しエリアだ。原作なら主人公が全シナリオクリアした後にようやく行ける場所。なぜそんな洞窟がヴィスコンティ家にあるかというと、『ディアボロは最初からここで修行してれば良かったのにw』……的な意味合いがあるからだ。

父上は相変わらず何も言わない……と思ったら、淡々と話した。

「……わかった。〝超成長の洞窟〟の使用を許可する。家庭教師も手配する。だが、お前が死んでも我輩(わがはい)は何もしないからな」

「あ、ありがたき幸せでございます。それでは失礼いたします」

ホッと一息つき屋敷を出る。離れに戻ったら、真っ先にマロンへ礼を伝えた。

「ありがとう、マロン」

「ひゃ、ひゃいっ! なんででしょうかっ!」

「なんでって、さっき俺の援護(えんご)をしてくれたじゃないか。父上に話すのは緊張しただろう」

「い、いえ、それはディアボロ様のためでして……」

顔を赤らめ、くねるマロン。まさか、熱があるんじゃないだろうな。頼むから体調崩さないでくれよ。その日のうちに、使用人の給金が増えることが正式に決まり、またひと騒ぎ起きた。とりま、家庭教師が来るまでは離れで静かに過ごそう。

数日後、父上に呼ばれたので本邸に向かう。なぜかマロンも一緒に行動したいとのことなので、彼女も連れていく。屋敷の前には、すでに父上が立っていた。

「ディアボロ、貴様が望んだ家庭教師が来た」

「！　こんなに早く……ありがたき幸せ！」

「こちらが〝死没の森〟に棲んでいる〝死導の魔女〟――アルコル殿だ」

父上の陰から姿を現したのは、小さな幼女。俺を見ると不気味な笑みを浮かべた。

「おお、こやつがお主の悪逆息子か。こりゃぁ、いじめがいがありそうじゃのぉ。死に顔を想像するだけで楽しくなるようなクソガキだわい」

薄い紫の長い髪に、同じくラピスラズリのような紫の瞳。手には魔法使いお決まりの長い杖を持つ。あなたの方がクソガキじゃないですかね……と言いたくなるような風体だ。

――〝死導の魔女〟、アルコル。

原作では全クリ後に戦えるラスボスの一人。数十年前の魔族大戦で、父上と一緒に共闘した経験があった。設定上、三百歳は超えるはずだが、魔法で幼女の身体を保っている。

趣味は人の死に顔を見ること。予想以上の大物過ぎて、思わず声が震えた。

「な、なぜ、アルコル様が家庭教師に……？」

「貴様の評判が悪すぎて、彼女以外断られたのだ。貴様の事故死を咎めないという条件で引き受けてくれた」

「そ、そんな……」

アルコルは怖い笑みを湛えたまま俺を見る。

「弟子をとるなんて何百年ぶりかわからん。加減ミスって殺すかもしれんからよろしく」

……マジか。さっそく、原作シナリオとは別のところで死亡フラグが立ち始める。

「おい、クソガキ。お前の魔法属性はなんじゃ」

「や、闇です」

「ほぉー！　ワシと同じじゃの。仲良くできそうじゃ。とりあえず、ワシのことは師匠と呼んでもらおうかの。クソガキが死ぬまでの話じゃが」

目が笑ってませんけど。アルコルの固有属性は、ディアボロと同じ闇。本編でバトルする賢者をも凌ぐ魔法の使い手だ。たしか、そんな彼女でも解放度は★9とかだった気がする。というより、原作の中で解放度★10まで到達したキャラはいなかったはずだ。

父上は相変わらず険しい顔で、アルコル師匠に語る。

「アルコル、今回の修行では〝超成長の洞窟〟を使ってくれて構わない」

「……なんじゃと？」

「ディアボロが希望した。少しでも早く強くなりたいそうだ」

「ほぉ……」

アルコル師匠の目が細くなった。これはアレだ。品定めするような視線だ。

「我輩からもよろしく頼む。厳しくしてやってくれ」

「それにしても、よくお主が許可したな。悪逆息子のグズっぷりに呆れ果てていたじゃろうに」

「……まぁ……色々と思うところがあってな」

そう言うと、父上は屋敷へ帰った。〝超成長の洞窟〟はここから歩いて五分ほど。さっさと歩きだしたアルコル師匠の後を、俺とマロンは慌てて追いかけた。

□□□

五分ほどで〝超成長の洞窟〟に到着した。入り口は縦横10mくらいの大きな穴。洞窟内にはヴィスコンティ家の先祖が張った結界が展開されている。経験値を爆速で溜める高性能の魔法だ。アルコル師匠は視線をマロンに向ける。

「さて、クソガキの修行を始める前に一つ確認しておくかの。お前も一緒に修行するのか？

さっきからクソガキを目で追っているそこのメイドじゃ」

「わ、私でございますかっ？」

「今なら大サービスじゃ。こんな機会、グランデの頼みじゃないとまたとないぞ。という
より、ワシの申し出を断る人間なんて今までおらんかったが」

「あっ……いえ……私は……げほっ、ごほっ」

マロンはすぐに断るかと思ったが、なぜかもじもじしていた。きっと、父上の手前言い
出しにくいのだろう。アルコル師匠は嫌らしそうな笑顔でずいずいとマロンに迫る。この
イジワルな感じも原作再現が過ぎる。

こ、このままでは彼女の体調が悪化しちゃうじゃないか。なので、守るようにマロンの
前へ出た。

「マロンは修行しません」

「何でじゃ。ワシが師匠になってやろうと言うのだぞ」

「彼女は体調が優れないのです。その分、俺が修行しますから」

「……まぁ、そういうことならいいじゃろう」

アルコル師匠が引くと、マロンはホッとした。彼女は洞窟の外で待機することになり、いよいよ修行の始まりだ。

「まず、クソガキの目標を聞いておこうかの。〝超成長の洞窟〟で修行したいとのたまうくらいじゃ。それ相応の理由があるんじゃろ」

「魔法の解放度を★10にしたいからです」

「……なぜじゃ？」

「そうすれば回復魔法が使えるからです」

素直に答えたが、アルコル師匠は何も言わない。しかし、口の端がぐにゃぐにゃぐにゃ……と蠢いたかと思うと、大口を開けて笑い出した。

「ヒャーイヒャイヒャイ！　そんなの、このワシでも聞いたことがないぞ！」

特徴的な笑い声を上げ、アルコル師匠は笑い転げる。ドSなロリである彼女は、原作でもマニアな人気があった。

「面白い！　ワシはクソガキが気に入ったぞ！　ほんのちょっと！　豆粒くらい！」

「そ、そうですか……」

「よし、じゃあ修行開始じゃ」

アルコル師匠について洞窟に入る。何だかんだ、俺は楽しみにしていた。だって、魔法の修行だぜ？　こんなの異世界転生でもしなきゃ一生できないぞ。ま、どんなに辛い修行でも必ず耐えきってみせるよ。俺は絶対に負けない！

修行を始めて二週間。

「もっと腰入れるんじゃっ！　魔法舐めとんのかぁ！」

「ああああ～！」

「どうなんじゃっ！」

「舐めてません！　舐めてません！　あああああ～！」

師匠に叩かれる（杖で）尻が痛い。修行が始まり、アルコル師匠にしばかれる毎日だった。その指導は厳しい。さすがはラスボス〝死導の魔女〟だ。

厳しいのだが、もちろん厳しいだけではない。厳しさの中に垣間見える厳しさが厳しく、修行の合間にふと見せる厳しさがまた一段と厳しい。……すまん、厳しさしかなかったわ。

「クソガキ、もう一回じゃ。早くせんと日が暮れるぞ」

「は、はい」

アルコル師匠に言われ、ボロボロの身体に鞭打ち走り出す。〝健全な魔力は健全な肉体に宿る〟ということで、今やっている修行は走り込みだ。実際に魔法を使う前に、まずは徹底的に基礎体力をつける。

ただ走るだけかと思いきや、予想以上にここの環境はきつかった。喩えるならば、両肩に大玉のスイカを乗せたまま、フルマラソンをさせられている気分だ。おまけに、修行を始めてから知ったが、〝超成長の洞窟〟は縦長の構造で全長1㎞もあった。アルコル師匠は一日当たり、洞窟を二十回往復しろと言う。

要するに、毎日40㎞走れという命令だった。許可が出るまで魔法は使えない、という制約もまた俺を苦しめる。修行は全部で三段階あるらしく、早くこなして魔法が使いたかった。

どうにかしてランニングを終えると、アルコル師匠から休憩の許可が出た。

「よし、五分休憩じゃ」

「た、助かった……」

硬い地面に崩れ落ちる。せめて十分ほどは欲しかったがしょうがない。五分だけでも寝てやるぞ……と目を閉じた瞬間、全身を激しくくすぐられた。

「おっ、隙ありじゃ！　それっ！　こちょこちょこちょこちょ～」

「や、やめてください、アルコル師匠……ヒャハハハハッ！　た、体力が……！」

「ヒャーイヒャイヒャイ！　これしきの妨害に邪魔されているようではまだまだじゃ

な！」

　雀の涙ほどの休憩時間もアルコル師匠にくすぐられ、体力を消耗する始末。必死に呼吸を整えながら思う。

　——お……俺は断罪される前に死ぬかもしれない。

　まったく笑えない冗談だぜ。日々の修行はもちろんのこと、睡眠でさえ洞窟の中だった。理由はその方が効率いいから。幼女からのしばきが趣味という新たな目覚めが先か、回復魔法の習得が先か……俺はまた別の窮地に立たされていた。

　昇天しそうになりながら己の運命を心配していると、外からマロンの声が聞こえた。

「ディアボロ様、アルコル様。お昼ご飯を持ってまいりました」

「おおおー、飯がきたー！　修行は中断じゃ！」

「は、はい……今度こそ助かった……」

　アルコル師匠は大喜びで外へ出る。唯一、食事だけは洞窟外で食べる許可が出ていた。ご飯大好きだからな、アルコル師匠は。特にアイスクリームが好きらしく、毎回パンだとかに挟んだ料理を所望した。

「ディアボロ様、お飲み物とタオルをどうぞ。少しでも疲れが取れるよう、一日中お祈りを捧げておきました。疲れが取れなかったら三日三晩捧げるのでおっしゃってください」

「ありがとう、本当に気が利くな。……くぅう、水がうめぇ……」

今や、マロンだけが俺の癒しだ。疲労で頭がぼんやりしており、後半のセリフはよくわからなかったが。

死ぬほどうまい飯を食っていると、アルコル師匠が懐から占いに使うようなガラス玉を取り出した。

「そろそろ、クソガキの解放度をチェックしてみようかの」

「いいんですか⁉　ぜひ！」

これは〈測定水晶〉。文字通り、解放度を測定する水晶だ。とても貴重なアイテムで、魔法学園や国家機関くらいにしかないが、アルコル師匠は自前の物を持っているらしい。

〈測定水晶〉に俺の手をかざすと、★4と表示された。

「ほぉ、解放度★4か。なかなかの上達ぶりじゃ」

「アルコル師匠の教え方が良いからですよ」

「まぁ、そりゃそうじゃな。ワシの貢献度が100兆パーセントじゃ！」

そこは俺を褒めてくれ……とは思ったが、口に出すと尻を叩かれるので黙っておく。

しかし、★4か。自分でも気づかぬうちに強くなっていたらしい。ついでにステータスも見たいな。ちょっと確認してみるか。変わってなかったら萎えるところだが……ステータスオープン！

結論から言うと、初期値よりものすごく上昇していた。

【ディアボロ・ヴィスコンティ】

性別：男
年齢：十四歳
LV：13／99
体力値：２０００
魔力値：５００
魔力属性：闇（解放度：★４）
称号：元暴虐貴族、給料上げてくれる人、クソガキ、スパンキングボーイ、努力家

なんか色々変わってた。体力値が上昇しているのは当たり前として、魔力値もアップしていた。これが〝健全な魔力は健全な肉体に宿る〟ということか。

そして、やはり特筆すべきは闇属性の解放度が★４！　いい感じじゃないか。称号はたぶん、他者からの評価なんだろう。クソガキはアルコル師匠命名って感じか。ちょっと待

て、スパンキングボーイってなんだ？　……もしかして、尻叩かれ男子という意味なんじゃ？　不名誉が過ぎる。

俺の栄誉のためにも早急に修行を終わらすことを決心していると、マロンが俺の汗を拭きながら呟いた。

「ディアボロ様……どうして、そんなに頑張られるんですか？　傍目から見ても、大変に厳しい修行だと思います。ディアボロ様だって遊びたい盛りでしょうに……」

「ああ、俺はな。絶対に回復魔法を習得したいんだよ」

そう言うと、マロンはポカンとした。

「回復魔法……でございますか？　お言葉ですが、闇属性では習得が不可能に近いのでは……」

「それでも俺は絶対に諦めない。……マロンの病気を治したいんだ」

断罪フラグを回避するために。なぜかまたマロンは顔を赤らめるわけだが、体調は大丈夫だよな？　俺はもう心配でしょうがない。

アルコル師匠はデザートのアイスを皿まで舐めると、満足した様子で言った。

「クソガキ、★4まで到達したことじゃし、修行を二段階目に上げようかの」

「ほんとですか！　よっしゃー！」

「一段階目より五百倍はきついから覚悟しとくんじゃよ」

「あ、はい……」

一瞬嬉しくなったが、すぐに奈落の底に突き落とされた。癒しの休憩時間はあっという間に終わり、地獄の修行が再開する。

〝超成長の洞窟〟に戻ると、アルコル師匠が俺の身体に手をかざした。それだけで、じわじわと全身が締め付けられる。

「あの、アルコル師匠。これは……」

「ワシの魔力でお前の全身を圧迫しておる。自分の魔力で押し返せ。身体の中心から全身に向かって血を流すイメージじゃ。二段階目は魔力の量と放出力を鍛える修行じゃよ。お前の力を見ながら徐々に強くするからの」

「なるほど！　わかりました！」

「ワシの魔力に押し負けたら死ぬから、そこんとこよろしく」

「あ、はい……」

マジか……結構な命懸けの修行だった。たしかに、ちょっとでも気を抜くと全身が潰されそうな気がする。緊迫感で胸がドキドキするものの、やっぱり楽しかった。前世の俺は病気でろくに活動できなかった。こんなに何かに打ち込めるなんて幸せだと思う。

朝から晩まで洞窟で過ごす生活を送るうち、さらに二週間が経っていた。

【間章：ディアボロ様は変わられた（Side：マロン）】

ディアボロ様は変わられた。ある日突然。私はその瞬間を今でも鮮明に覚えている。あの日以来、完全に別人になられた。使用人の給料を増やしてくれ、仕事量まで減らしてくれた。しかも、あの公爵様に直接ご相談してくださったのだ。今までのディアボロ様は話そうともしなかったのに……。私たちのために、覚悟を決めてくれたのだろう。

お父さんは何か裏があるんじゃないかと、まだ警戒している。でも、ディアボロ様は本当に変わったんだ。目つきもすごく柔らかくなって、人となりもずいぶんと穏やかになられた。敬称だって、すでに二つも削除したのだ。前は俺様様だったけど、今ではただ俺とご自身を呼んでいた。原因はわからないけど、ディアボロ様が変わられたのは事実だ。

昔は……正直恨んでいた。生まれつき、動きすぎると咳が出る持病があり、メイドの仕事をするので精一杯だった。以前のディアボロ様はそんな私をいじめるように、あえて辛い仕事を任せてきた。私の身体はもう限界だった。倒れそうになったときディアボロ様が改心されたのは、もしかしたら何か意味があるのかもしれない。

ディアボロ様が変わったと確信したのは、何も使用人への対応や、言葉遣いだけじゃない。毎日、血の滲むような魔法の修行をされているのだ。お師匠様は、あの〝死導の魔女〟と呼ばれるアルコル様。修行場所は、ヴィスコンティ家に代々伝わる〝超成長の洞窟〟。私は外から眺めるだけだけど、どれだけ苦しい修行かわかる。いつも全身から汗が噴き出ているし、食事の度にフラフラだった。本当に限界の限界まで修行されている。おまけに、アルコル様はディアボロ様のお尻に執着しているみたいで、とにかくお尻を叩かれていた。でも、ディアボロ様は楽しそうなのだ。あんなに厳しくて辛そうな修行なのに……。

二週間も経った頃、私は聞いてみた。どうして、闇属性で回復魔法を習得しようとしているのですか？　と。そんなの、一般的に不可能とされている。何がディアボロ様をあそこまで突き動かしているのか知りたかった。

「マロンの病気を治したいんだ」

その言葉を聞いたとき、この人は本気なんだと思った。本気の本気で私の病気を治そうとしてくれているんだ……。今まで感じたことがないほどの嬉しさで胸がいっぱいになった。このディアボロ様を見れば、お父さんもわかってくれると思う。

元気になったら私も魔法を特訓したいな。もっと強くなってディアボロ様の役に立ちたい……いや、立つんだ。メイドとしてだけじゃなく、一人の女としても……。そして、デイアボロ様のお尻も守って差し上げたい。

【第二章：過去との対峙】

「ほれほれ、頑張れクソガキ～。抵抗せんと身体が潰れてしまうぞ～」

「ぐぎぎ……」

アルコル師匠の魔力が俺をじりじりと圧迫する。今はもう、全身が万力に締め付けられているようだ。喉は見えない手で掴まれている気分で呼吸が苦しい。それでもギブアップは死を意味するので、懸命に押し返す。

全力で魔力を放出させると、途端に身体が楽になった。アルコル師匠は感心した様子で言う。

「ふむ、悪くない。だいぶ、ワシの魔力に拮抗できるようになったではないか」

「あ、ありがとうございます」

息切れしながら答える。たしかに、走り込みよりずっときつい。毎回、一分耐えるだけで洞窟を全力疾走したほどの疲労感だ。基礎体力がなければ、確実に途中で死んでいた。

「全てワシのおかげで順調に進んでおるし、解放度を測定してみるかの」

「お、お願いします」

ほんのちょっとでいいから俺も褒めてほしかったが、余計なことを言うと尻を叩かれるので黙る。〈測定水晶〉に手をかざすと、★7と表示された。心の中に喜びがあふれる。

「やった……！　★7ですよ、アルコル師匠！」

「ほぉ、もうここまで来たか。やっぱり、ワシは天才的な指導者で魔法使いじゃ！　ヒャーイ、ヒャイヒャイヒャイ！」

高笑いするアルコル師匠の隣で、俺は喜びを噛み締める。地道な修行の成果が出ているのだろう。ステータスも確認してみよう。

【ディアボロ・ヴィスコンティ】
性別：男
年齢：十四歳
LV：20／99
体力値：３０００
魔力値：３５００
魔力属性：闇（解放度：★7）

称号：真面目な令息、給料上げてくれる方、クソガキ、スパンキングボーイ、努力家、重い想い人

素晴らしい成長ぶりだ。称号の重い想い人ってのが謎だが。喜びも束の間、ズキッと身体が痛んだ。腕や足を見ると、小さな傷でいっぱいだった。

〝超成長の洞窟〟は、中にいるだけで全身にピシピシと細かい傷がつく。アルコル師匠曰く、洞窟内に漂う魔力の濃度が濃いから、身体にもダメージが入るらしい。自分は防御魔法でガードしているから問題ないとも言っていた。生と死を行ったり来たりするような毎日だが、自分の成長は単純に嬉しい。

アルコル師匠はしばらく高笑いした後、無表情になって俺を見た。

「貴様はなかなか筋がいいのかもしれん……ワシの想像を超える成長スピードじゃ……」

「ありがとうございますっ！　もっともっと頑張りますよ！」

アルコル師匠が褒めるなんて珍しい。もしかしたら、初めてかもしれん。やっぱり褒められるのは嬉しいな。さらにやる気が湧いてくる。そういえば、最近は休憩時間にくすぐられることもなくなった。

そろそろ修行再開かな……と思ったとき、外からマロンの声が響いた。

「アルコル様、ディアボロ様っ。修行中、失礼いたしますっ。ちょっとよろしいでしょうかっ」

なんか、いつもより慌てた様子だ。洞窟の外を見ると……マロンの隣には衝撃的な人物がいて、思わず叫んでしまった。

「ち、父上ぇぇぇ⁉」

「調子はどうだ。真面目にやっているのか？」

まさかのグランデ・ヴィスコンティ。つまり、俺の父親が立っていた。いつものような厳しい視線でこちらを見る。な、なんで父上がここにっ。原作では、顔も見たくない……とディアボロには伝えていたはずだが。

アルコル師匠は洞窟から出ると父上に言う。

「どうした、グランデ。お主が来るとは珍しいのぅ」

「ディアボロの生存を確認に来たのだ。領地内に死体を放置しておくと不衛生だからな」

「そんなこと言って、実際は息子が心配になって来たんじゃないのかの？　顔に書いてあるぞよ。ヒャーイヒャイヒャイ！」

「別にわざわざ言わなくていいぞ、アルコル殿」

父上はしかめっ面をしながら注意する。公爵家の当主なんていったら忙しいだろうに。

わざわざ息子の修行を見に来てくれたのか。俺はしどろもどろになっていたが、アルコル師匠はヒャイヒャイと笑っていた。

「グランデ、朗報じゃ。お主の息子はクソガキじゃが、意外と筋がいい。こんなに上達する人間はワシ以来かもしれんぞ」

「……ディアボロが？」

「ワシは嘘は吐かん。お主もよく知っておろう」

父上は静かに俺を見る。その視線には、以前のような強い疑念は感じなかった。少しずつ俺を信頼し始めてくれているのだろうか。アルコル師匠の話を父上はジッと聞いていたが、やがて険しさと不安さが入り混じったような表情となった。

「ディアボロよ。我輩は今、お前にとある懸念を抱いている」

「え……懸念……とは、どういうことでしょうか。詳しくお話しいただけますか、父上」

心に緊張感が生まれる。俺の行いが父上を不安にさせてしまっているのだろうか。姿勢を正して待つと、父上は淡々と告げた。

「いずれお前がヴィスコンティ家を継いだ後、政争に負けるのでは……という懸念だ。たしかに、お前は以前より温和になった。だが、その分覇気を感じなくなったのも事実だ」

……そういうことか。父上の言葉は、すとんと俺の心に落ちた。ヴィスコンティ家はエイレーネ王国の大貴族だ。常に、他の貴族に対して威厳や優位性を示さなければならない。

俺の性格が丸くなったため、ヴィスコンティ家の地位が揺らぐのではないか……と懸念しているのだ。逆に言うと、俺を跡取りとして見ているということだ。

心配はいらないと伝えるため、俺は力強く父上を見た。

「大丈夫です、父上。俺……私は改心しましたが、弱くなったわけではありません。ヴィスコンティ家を守るためなら、どんなことをする覚悟もあります。みんなを守る力を手に入れるため、今も必死に修行を積んでおります」

真正面から父上の目を見て話す。父上は何も話さず表情も険しかったが、ほんの少し目つきが柔らかくなった。

「守る力……か。お前からそんな言葉が聞けるとはな……」

父上をもっと安心させるためにも、俺はもっと努力しなければならない。そう強く決心したところで、黙って俺たちの会話を聞いていたアルコル師匠が言った。

「どうじゃ、クソガキ。グランデに修行の途中成果を見せてやらんか」

「えっ……？」

思わず振り向くと、アルコル師匠は微笑みを浮かべていた。

「お主はもうずいぶんと力がついているはずじゃからな。一度闇魔法を使ってみたらどうじゃ？　ワシが許可する」

「いいんですか⁉　よっしゃー！　ずっとこの瞬間を待ちわびてました！」

「失敗したら殺すがの」

　ジェットコースターのように感情が揺れ動く。許可が出たのは嬉しいが、死ぬのはイヤだぞ。

「それは……楽しみだな……」

　ポツリと父上は言った。父上もまた、俺を処刑（しょけい）するメンバーの一人だ。もちろん断罪ルートの回避（かいひ）もそうだが、それ以上に普通（ふつう）の親子として仲良くしたい。前世では親孝行らしい親孝行ができなかったからな。いや、思い返せばゲームの世界に閉じこもっていた。病弱な体が恨（うら）めしく、自分の運命を恨んだこともある。

　だが、俺は生まれ変わった。新しい人生では、息子として、ディアボロとして……この世界の父親に少しでも良いところを見せたい。

「よし、決まりじゃな。クソガキ、準備しろ。疲れたとは言わせんぞ」

「は、はいっ。でも、何の魔法を使えばいいですか？」

「今日はちょうどいい具合に曇（くも）りじゃ。空に特大の魔力弾（まりょくだん）を放って雲を蹴散（けち）らすんじゃよ。《闇の大魔力弾（ダークネス・ビッグボール）》という魔法を使え」

「え……雲を……？」

たしかに、今日は曇りだ。空一面は白い。しかし、空に魔力弾を届かすなんてできるのか？　まだ魔法を使ったことさえないのに。

少々ビビッていたら、アルコル師匠にパンッと尻を叩かれた。

「今の貴様ならできるはずじゃ」

父上もマロンも、みんな真剣な表情で俺を見る。ここで逃げ出すような俺ではない。深呼吸をして気持ちを落ち着かせる。次の瞬間には、両手を空にかざし闇魔法を唱えた。

「《闇の大魔力弾》！」

俺の手のひらから巨大な黒い球が現れ、猛スピードで放たれた。一直線に空へ向かう。

五秒も経たずに、魔力弾は見えないほど小さくなった。

大丈夫か……？　途中で消えたりしないよな……？　と不安になったときだ。マロンが驚きの声で叫んだ。

「え、ウ、ウソッ⁉　空が……！」

突然、全ての雲が消えた。空一面に青空が広がる。マロンは感動した様子で、目がキラキラと輝いている。父上もまた、目を見開いて呟く。

「ま、まさか……本当に雲を消してしまうとは……信じられん……」

「要するに、ワシの指導がそれだけ素晴らしかったというわけじゃ！　まだまだワシも捨てたもんじゃないのぅ！　ヒャーイヒャイヒャイ！」

　そこは俺を褒めてくれ、アルコル師匠……とは思ったが、今回も黙っておく。尻を叩かれるからな。しかし、魔法って楽しい。なんていうか、こう……爽快感が素晴らしいんだ。ロマンにあふれているし。うまく説明できないが。

「ディアボロ……」

「は、はいっ！」

　感傷に浸っていたら、父上に話しかけられドキッとした。やっぱりまだ緊張する。父上は何も言わない。な、なにを言われるんだ……？

　緊張で凝り固まっていたら、静かに告げられた。

「これからも頑張りなさい」

　淡々と言うと、父上はゆっくりと屋敷へ歩きだした。マロンもペコリと俺にお辞儀し、慌ててその後を追う。二人の背中を見ていると、じんわりとした温かさが心にあふれた。

「さて、ワシたちも修行再開するかの」

「はい！　よろしくお願いします！」

　俺は〝超成長の洞窟〟に走りながら引き返す。父上が少しずつ認めてくれているようで嬉しかった。

　洞窟に戻ると、アルコル師匠が真剣な表情で俺を見た。気が引き締まり、俺もまた心して言葉を待つ。

「クソガキよ、これから三段階目、最後の修行を始める。ワシとの戦闘じゃ」

「アルコル師匠との……戦闘ですか？」

　実際にバトルをするんだろうか。俺はまだ、一つしか魔法を使ったことがない。どれほど苦しい修行になるのか緊張していたら、アルコル師匠はほのかに微笑みながら言った。

「戦闘と言っても、ワシは直接は戦わん。クソガキが戦うのはゴーレムじゃ」

　アルコル師匠が杖を宙にかざすと、洞窟の壁や地面からいくつもの岩がボコッと抉り取られる。岩と岩は彼女の魔力で結合し、強そうなゴーレムが生まれた。胸の真ん中に7と数字が浮かぶ。ゲームや漫画で見たまんまのイメージで感動した。

「ほ、本物のゴーレムだ……すげえ」

「こいつを倒すたび、解放度が一つ上がるからの。頭に意識を集中すると、魔法とそのイメージが思い浮かぶはずじゃよ」

　言われた通りにすると、脳裏に種々の魔法が浮かんだ。《闇の魔力弾》、《闇の剣》、《闇の射撃》……それぞれ、どんな魔法なのか何となくわかる。

「たしかに、イメージできますね」

「魔法の使い方は身体で覚えるんじゃ。もちろん、殺すつもりでやるから必死に戦うんじゃよ」

「……わかりました！」

今は解放度★7。回復魔法の習得まであと少しだ。絶対に★10まで到達することを改めて決意し、アルコル師匠のゴーレムに挑（いど）む。

戦闘を続けるうち、気づけばさらに一ヶ月が経った。

□□□

「《闇の爪（ダークネス・クロー）》！」

『……！』

魔力で創造した頑丈（がんじょう）かつ鋭（するど）い爪で、9と記されたゴーレムの胸を貫（つらぬ）く。表面はアルコル師匠の分厚い魔力で覆（おお）われていたが、難なく突破（とっぱ）できた。二段階目の修行が功を奏しているのだ。ゴーレムは魔法が解け、ガラガラと崩（くず）れる。

実戦的な戦闘訓練を積むことで、解放度に拘（かか）わらずその瞬間、その場面に適した魔法の選択もできるようになってきた。片隅の岩に座ったアルコル師匠が拍手してくれる。

「よくやった、ディアボロ。上々じゃ。まさか、ここまで強くなるとは思わなかったぞ」

「ありがとうございます！」

この頃になると、アルコル師匠も俺をクソガキとは呼ばなくなった。相変わらず尻を叩かれることはあるものの、以前より評価が上がったのだと思う。アルコル師匠は岩から飛び降りる。

「さて、ここからが問題じゃ。解放度★10への到達方法は、正直ワシにもわからん。不可能だからの」

「そ、そんな……。でも、俺は絶対に回復魔法を習得しなきゃいけないんです」

この先修行を見てもらえなかったら、それこそお手上げだ。心配していたら、アルコル師匠は十体の★9ゴーレムを生成した。

「次の相手は十体じゃ。これだけ倒せれば十分じゃろう。というより、★10に到達するまでずっと倒し続けろ。後はがむしゃらに頑張るのみじゃ」

「了解です！」

考えていたってしょうがない。ゴーレムの集団に飛び込んだ。努力を続ける、それが一番の近道なのだから。

一日中ゴーレムを倒し夜に解放度を測定するという生活を送って一週間。もう百体くらいは倒した気がする。今日も〈測定水晶〉に手をかざした。何度やってもこの瞬間は緊張するな。手をかざすも、〈測定水晶〉は反応しない。

「……あれ？　何も表示されませんね。故障ですか？」

「お前が壊したんじゃなかろうな」

「何もしてませんって！」

突き刺さるような視線に焦る中、じんわりと数字が表れた。……10と。今までの努力が報われ涙ぐましくなる。アルコル師匠は俺の隣で呆然と驚いていた。

「し、信じられん……。解放度★10に到達しおった……」

「アルコル師匠の……おかげですよ！」

感極まるが、ステータスもチェックしてみる。結論から言うと、色々とぶっ飛んでいた。

【ディアボロ・ヴィスコンティ】

性別：男

年齢：十四歳

ＬＶ：45／99

体力値：４５００
魔力値：７０００
魔力属性：闇（解放度：★10）
称号：超真面目な令息、給料上げてくれる方、ディアボロ、スパンキングボーイ、すごい努力家、重い想い人

やっぱり、努力っていいな。本当に気絶しそうになりながら修行した。頑張った達成感があった。ステータスだって、ラスボスとはいかないまでも、中ボスとか大ボスレベルだ。

しかし、自分の名前が称号なのはどうなんだ？　いや、そんなことよりも……。

「アルコル師匠、回復魔法が使えるか試してもいいですか？」

「ああ、いいじゃろう。しかし、最初に攻撃魔法を使いたいと言わないのが不思議じゃな。闇属性といったら、真骨頂は攻撃魔法じゃが」

「いや、まぁ、いろいろありまして」

〝超成長の洞窟〟から外に出る。まずは自分の身体に向けて使ってみるか。ちょうどいい具合にボロボロだ。念願の闇属性の回復魔法……どんな感じかな。

「《闇の癒し》！」

　俺の全身が淡い黒の光に包まれる。呪いだとかそういう怖い雰囲気はなく、優しげな光だ。なんというか……お風呂に入っているような心地よさだな。全身にあった細かい傷が消える。疲労感もなくなり、活力があふれてくる。おまけに、尻の痛みもキレイサッパリと消え去ってしまった。

「すげえ！　本当に回復できましたよ！　回復魔法が使えました！　うおおおお！」

　天に向かって拳を突き上げる。ゲームではちょいちょいと経験値を貯めるだけだったが、実際にやるとこんなに大変なんだな。困難を乗り越えた分、余計に嬉しい。一人で感動しきりだ。

　アルコル師匠はというと、ただただ呆然と俺を見ていた。調子に乗るな、とまた尻を叩かれるかと思ったが違うらしい。俺の前に来ると、静かに右手を差し出した。

「ディアボロ、貴様はワシが思っている以上の人材だったようじゃ。ここまで実力が突出しているとは思わなかった。……褒めざるを得ないの」

「アルコル師匠……！」

「貴様はワシの一番弟子じゃ」

　固い握手を交わす。最初はどうなることかと思ったが、この人についてきて本当に良かった。

「ようやく……ようやく達成できましたっ！　これもアルコル師匠のおかげです！」

「まぁ、それはそうじゃの。……そうか、ディアボロが成長できたのは、１００京パーセントワシのおかげというわけじゃ！　やっぱり、ワシはすごいんじゃ！　ヒャーイヒャイヒャイ！」

褒めたかと思いきや、次の瞬間にはアルコル師匠はヒャイヒャイと笑い出した。まぁ、いつもの流れなわけだが、本題はこの後だ。

――マロンの病気を治さなければ。

自然と表情が硬くなる。ついに、断罪フラグと直接戦う瞬間が来た。

ヒャイヒャイ笑うアルコル師匠を連れて離れに向かう。マロンはちょうどラウームと一緒に、庭の草木へ水をやっていた。俺を見つけるとマロンは笑顔になるが、ラウームは相変わらず表情が厳しい。いや、無表情といった具合か。

マロンは嬉しそうにパタパタと駆け寄ってくる。

「お帰りなさいませ、ディアボロ様。今日の修行は終わったのですか？　さっそくお風呂の支度を……けほっ、こほっ」

「ほら、あまり無理するなよ。まだ完全に治ったわけじゃないんだから」

「も、申し訳ございません、ディアボロ様……こほっこほっ」

マロンの体調は浮き沈みの経過をたどっている。一時はよくなったものの、日によっては咳がたくさん出てしまう。俺もなるべく気遣うようにしているが、やはり完治にはまだ程遠い。特に、走ったり運動したりすると、こほこほと咳き込んでしまうのだ。

病気に苦しんでいる彼女を見ると、前世の記憶が思い出される。好きに走ることもできない……病気の苦しさは俺が一番よく知っているつもりだ。

俺は気持ちを整えると、マロンとラウームに言う。

「マロン、ラウーム、朗報がある。頑張って修行した結果、回復魔法が使えるようになったんだ」

「誠でございますか、ディアボロ様！　あぁ……毎朝、毎昼、毎夜、お祈りを捧げた甲斐がありました！」

マロンはすぐに喜んでくれたが、ラウームは真実か疑っているようだ。ジッとアルコル師匠を見る。

「なに、そんなに疑わんでもディアボロの言っていることは真実じゃよ。ワシですら習得できなかった回復魔法を習得しおった」

「だから、マロンの病気を治させてほしいんだ」

そう俺たちが言うと、ラウームは訝しげな表情のままマロンの前に立ちはだかった。

「ど、どうしたの、お父さん？」

「……ディアボロ様、申し訳ございません。それでも、マロンの身体を任せるわけにはいきません。もしマロンに何かあったらどうされるのでしょうか」

「ちょっと、お父さん！　ディアボロ様は毎日必死に修行されているんだよ！」

マロンに服の袖を引っぱられても、ラウームは表情を崩さない。娘を守りたいという、父親の意志が伝わった。元より、俺だって無理矢理回復魔法を使いたくはない。

「頼む……この通りだ。俺はどうしても、マロンの病気を治したい。彼女に元気になってほしいんだ」

頭を下げて必死に頼み込む。俺の信頼がないのは、今までの行いのせいだ。彼は少しも悪くない。しばし沈黙が過ぎた後、ラウームは静かに言った。

「そこまで仰るのなら……」

渋々と脇にどき、マロンへの道を空けてくれた。

「ありがとう、ラウーム」

「何かあったらすぐ公爵様に報告いたしますが」

「もちろんだ」

マロンはいつにも増して、緊張した様子で佇む。安心させるよう、彼女の肩に手を乗せた。

「マロン、すぐ終わるからな。何もしなくていいぞ。リラックスしていてくれ」

「は、はい」

ドキドキした表情のマロン。俺も静かに深呼吸し、回復魔法を唱えた。

「《闇の癒し》！」

即座に、マロンの身体を黒い光が覆い始める。いい感じだ。俺が自分に対して使ったときと全く同じ光景だった。ラウームが緊張した様子でマロンに話しかける。

「ど、どうだ、マロン。苦しくないか？」

「うん、全然問題ないよ。むしろ、お風呂に入っているような気持ちよさ……んんっ！……あぁあ～！」

突然、恍惚とした嬌声を上げ、マロンはなまめかしい表情で身体をくねらした。しかも、頬が赤く照っており非常に艶っぽい。

——え、え、え……なにこれ。人に使うとこんな感じになるの？

途端に、ラウームの顔は彫刻のように硬くなる。俺はどっと冷や汗をかく。

「……ディアボロ様？」

「ま、待ってくれ！　これは違うんだ！　これは違くて……！」

「っ……ああ〜ん！」

ひと際大きな喘ぎ声を上げ、マロンは静かになった。落差が激しく、かなり不安になる。

「だ、大丈夫か、マロン？」

「……はぃぃい！　なんだかすごく元気になりましたぁあ！　今ならいくら走っても疲れない気がしますぅう！」

「あっ、ちょっ……マロン！」

俺が止める間もなく、マロンはいきなり全速力で庭を走り出した。そ、そんなに走ったら咳が……！　俺とラウームはヒヤリとしたが、マロンが咳き込む様子はない。以前なら、十秒も経たずに動けなくなったのに。

「お父さーん！　私、元気になったよー！　ディアボロ様が病気を治してくれた！　ディアボロ様ー！　本当にありがとうございまーす！　こんなに走れるなんて夢のようです！」

マロンは走りながら、笑顔で俺たちに手を振る。その光景を見ていると、じわじわと喜びがあふれた。

無事に……無事に、マロンの病気を治せた！

これで断罪フラグの一つを潰せたわけだ。くぅぅう……！　素晴らしい達成感！　将来の不安が消えるのは、なんて清々(すがすが)しいんだ。

「ディアボロ様、私にもその回復魔法を使ってください」

　心の中で喜んでいたら、ラウームが告げた。

「え、ラウームも？　どこか具合悪かったっけ？」

「五十肩(ごじゅうかた)がございます。ディアボロ様の回復魔法をこの身でも体験したく思います」

　原作にない裏設定の提示。きっと、俺が本当に治したのか確かめたいのだろう。そういうことなら断る選択肢(せんたくし)などない。

「わかった。じゃあ、いくぞ。《闇の癒し(ダークネス・ヒーリング)》！」

「……んっ……あぁんっ！　……あぁぁあ～！」

　ラウームの嬌声が天に昇(のぼ)る。彼もまた両手で身体を抱(かか)えてはくねらしていた。それを見ては、ヒャイヒャイと笑うアルコル師匠。

　正直なところ、おじさんの恍惚とした表情を見せられ、少々複雑な気持ちにはなった。

「ど、どうだろうか、ラウーム。身体の調子は？」

「……ぅぅぅぅう！　素晴らしく元気になりましたぁあ！　これが……！　これが、闇属性の回復魔法なのですね！　マロンの病気を治してくれてありがとうございますぅう！」

　ラウームはお礼を叫んだ後、嬉しそうに体操を始める。どうやら、元気いっぱいになったようだ。一安心するわけだが、同時に不安になった。もしかして、毎回こんな感じなのかな。……いや、問題ないだろ。きっと偶然が重なったんだ。

諸々大丈夫そうでホッと一息ついていたら、ランニングを終えたマロンが興奮しながら話してきた。彼女の顔に、もう白い布はない。にっこりした笑顔が爽やかだった。

「ディアボロ様、本当にありがとうございます。おかげさまで身体がすこぶる元気になりました。こんなに空気をおいしく吸えるなんて、生まれて初めてでございます」

ピロンッ！　という軽やかな音とともに、マロンの顔から何個ものハートがあふれる。

――こ、これは好感度上昇の演出じゃないか！　ゲームで見たヤツだ！

言葉だけでなく、本当に好感度が上がったのだと実感する。誰も気づいていないので、俺にしか見えないのだろう。

「いやいや、それなら良かった。マロンの笑顔が見られて頑張った甲斐があったよ」

「なんだか……ディアボロ様のことを考えると身体が熱くなってしまいます」

マロンは頬を赤らめ、またもや身体をくねらす。……本当に病気は治ったよな？　体調はもう問題ないんだよな？　俺はやはり心配になってしまうのであった。

【間章：健康な身体（Side：マロン）】

ディアボロ様の修行は、日増しに厳しくなっている。倒れてしまわないか心配でしょうがなかった。でも、不思議なことにディアボロ様は笑顔だ。私だったら、絶対に数日も保たない。身体の病気もそうだけど、それ以上に精神が耐えられない。だけど、ディアボロ様は違う。いくら身体が傷だらけになっても、決して諦めなかった。

三ヶ月も経った頃、ディアボロ様は私のところにやってきた。どうやら、本当に回復魔法を習得されたらしい。嬉しそうに仰っていたけど、すぐには信じられなかった。闇属性は基本的に、攻撃系の魔法しか使えない。ディアボロ様が真剣なのは知っていたし、絶対に達成できると信じていた。それでも、やっぱり不可能なんじゃないかと、心の底では思っていた。そんな気持ちは、この後すぐに消えてなくなる。

ディアボロ様が治してくれようとしたとき、お父さんが立ちはだかった。どうしても信用できないらしい。ディアボロ様がとった行動は、想像もしていないことだった。

お父さんに……頭を下げた。私はもう言葉が出なかった。公爵家の次期当主なんて偉い人が、使用人に頭を下げるなんて……。しかも、今度は私のためだ。ディアボロ様が頭を下げるのは二回目だけど、以前より強烈（きょうれつ）に私の心に届いた。

そして、回復魔法を使ってくださった。身体を電流が流れるような感覚……。でも、全然不快ではない。むしろとても穏（おだ）やかで気持ちよかった。

私の病気は完治した。身体がすっきりして、息を深くまで吸える。明らかに以前より呼吸が楽だ。目に映る景色もまるで違う。埃（ほこり）っぽく見えていたのが、すっきりと美しく見える。口を覆っていた白い布だって取れた。

――今までにないくらい……嬉しい。

いても立ってもいられなく、走りだしてしまった。ずっと、ずっと……こんな風に走ってみたかった。その夢をディアボロ様は叶（かな）えてくれた。

こんなすごい人に仕えられるなんて、私は嬉しい。たしかに辛（つら）い目にはたくさんあった。逃げ出したいと思ったこともいっぱいある。でも、ディアボロ様は完全に変わられたんだ。だったら、私は新しいディアボロ様を信じてどこまでもついていくだけ。

――ディアボロ様……私の身体を治してくださり、本当にありがとうございます。

ディアボロ様はただの主人ではなく、私の憧（あこが）れになった。一生……いえ、二生、三生、この先もずっとお慕（した）いし続けます。私の人生はディアボロ様あってこそでございます。

【間章：娘とディアボロ様（Side：ラウーム）】

ディアボロ様は暴虐令息だ。これほど横暴な人間は見たことがない。だが、使用人と公爵家の息子では立場が違いすぎる。どんな辛い目に遭っても、必死に耐えるしかなかった。

……そう、あの日までは。

ある日、ディアボロ様に異変が起きた。以前のような横暴さは消え、模範的な優男になられたのだ。使用人に対しても優しくなった。さらには、仕事量は減らしたのに給金は上げる。こんなことはヴィスコンティ家で初めてだ。

そのような大きな変化があったためか、使用人たちは皆ディアボロ様を慕うようになった。……私以外は。

――人は変わらない。

それが私の持論だ。だから、信用できるはずもなかった。何より、大事なマロンを何度も何度も痛めつけられた。彼女は私の命と言ってもいい。父として守れなかったのが悔しかった。私たちの一家は、代々ヴィスコンティ家に勤めている。伝統のようなしがらみがあるのだ。家の事情など考えず、マロンだけは外に逃がせばよかった。

辛い過去があったのに、マロンはディアボロ様を慕っているらしい。自分の病気を治すため、毎日厳しい修行を積んでいるのだとか。そんなわけがない。

正直に言うと、ディアボロ様を殺そうと思ったことが何度もあった。娘を守るためならば、私はどうなってもいい。そう決心しているはずなのに、どうしても実行に移すことはできなかった。だが、今となってはそれでよかったと思う。

ディアボロ様が、マロンの病気を治してくださったのだ。ほんの一瞬で。ディアボロ様は、本当に修行を積んでいたのだ。にわかには信じられないことばかりだ。元気に走り回るマロンを見て、胸にあふれる思いがあった。こんな光景を見られる日が来るなんて……。涙を堪えるのに精いっぱいだった。しかし、どうしても信じられない自分がいた。マロンに何をやったのか、この身で確かめることにした。

結果、体感してわかった。やはり、本当に回復魔法なのだ。ディアボロ様は常識、周知の事実……そういった物を完全に壊してしまった。規格外過ぎる。そして、五十肩の治癒以外に、私の身体は少なからず影響を受けていた。

妻を亡くし、久しく忘れていた感覚……。願わくはもう一度体験したい。いや、私の事情は関係ない。マロンの病気を治していただいたのだ。

ディアボロ様が変わられたのであれば、私はこの先もずっと仕えようと思う。

【間章：才能（Side：アルコル）】

グランデに言われ、ワシはヴィスコンティ家にやってきた。息子に魔法の訓練をつけてほしいと。数十年ぶりに連絡をよこしたかと思ったら、何を言い出すことか。

ワシですらその悪逆非道ぶりは知っておる。他人を見下し、いじめ、暴力を振るい、自分が誰よりも立場が上の人間だと思い込んでいる……ヒャーイヒャイヒャイ。そんなウワサを耳にするたび、ワシは楽しくて仕方なかったの。イキッたクソガキほど、いじめがいがあるものじゃ。ワシが直々にその自信をへし折ってやるからの、覚悟しておけ。

ディアボロは見ての通りクソガキじゃった。まさしく、ワシはこういう人間の死に顔が見たい。修行しながらくすぐり殺してやる〜。そう思っておった。修行を始める前までは。

ディアボロは完全に常軌を逸していたのじゃ。

あそこまで才気あふれる人間を、ワシは見たことがない。〝超成長の洞窟〟という特殊な条件を鑑みても、この成長具合はおかしい。

何より、あやつが修行を楽しんでいるのが信じられん。嫉妬で必要以上にきつく当たってしまったわ。そして、とうとうあやつはやりおった。闇属性で回復魔法を習得した。

このワシですら不可能だったことを、ディアボロは成し遂げた。

これは……すごいことじゃ。さすがのワシも驚いたわ。あやつは常識を変えおった。仮にも弟子が成果を挙げ嬉しい反面、ワシの胸には小さな寂しさがあった。

――どうして、あそこまで修行しなかったのかと。

〝死導の魔女〟と呼ばれ……いつの間にか鍛錬することを忘れてしまった。これが己の限界だと感じていたのは、勝手に感じていただけ。むしろ、ワシこそがゼロから修行しなければならん。あのクソガキに気づかされた。腹立たしいが、感謝しなければならないの。

闇属性に回復魔法は使えない。世界ではそう言われている。魔法使いとして成熟したくせに、すっかり信じ込んでいた。常識を疑うのが魔法使いじゃろうが。

――間違っていたのはワシらだったんじゃな……。

師匠としての役割を果たした感が出ているが、ワシはあやつの今後をこの先も見たい。できれば間近で。ワシから頼むのは悔しいな、と思っていたら、一つ面白い話を聞いた。

ディアボロは来年の〝エイレーネ聖騎士学園〟入学を目指しているらしい。

――……ワシも学校行っちゃおうかな。

思い返せば、一度も学校なんぞに通ったことはなかった。遅咲きの青春……有望な弟子の成長……。人生もそろそろ終盤かと思っていたが、なんだか楽しみになってきたのぉ。

【第三章：最強なる断罪フラグ】

「ディアボロ様ー！　見てください！　蝶々と追いかけっこするのが夢だったんです！　私って足速いですかー!?」

「ははは、あまり走りすぎるなよ。仮にもまだ病み上がりなんだから」

「もう大丈夫ですよー！　咳だって、いくら走っても全然出ないんですから！　これでディアボロ様をどこまでも追いかけることができますね！」

マロンの病気を治してから数日後。

彼女はすっかり元気になった。今までの鬱憤を晴らすかのように、毎日庭という庭を走りまくっている。マロンはたまに謎のセリフを言うのだが、それも別に問題ないだろう。断罪フラグの解除もそうだが、笑顔のマロンを見ると頑張ってよかったと思う。

「あの……ディアボロ様……」

ほのぼのと眺めていたら、傍にいたラウームがおずおずと話しかけてきた。

「ん？　どうした、ラウーム」

「あ、いえ……」

ラウームはもじもじとする。一応、彼との仲も修復されたはずだ。マロンの病気を治した後、きちんと感謝もされた。ラウームもまた断罪メンバーの一員なので、彼とも友好的な関係でいたい。五十肩も治したことだし、俺の評価はよくなっていると信じたいが……。

「何かあったら遠慮(えんりょ)なく言ってくれ。俺にできることだったら何でも力になるよ」

「で、では……意を決して、お話しさせていただきます」

「う、うむ」

な、なんだ？　ラウームの表情は硬い。以前の俺に対する視線のようだ。何を言われるのか緊張(きんちょう)し、ゴクリ……と唾(つば)を飲んだとき。ラウームはカッ！　と目を見開き叫(さけ)んだ。

「私にもう一度回復魔法を使っていただけないでしょうかっ！」

「え⁉　どこか具合が悪いのか⁉」

マジかよ、ヤバいって。ラウームはまだ体調が悪かったらしい。それはつまり、彼の断罪フラグが残っていることを意味する。今すぐにでも解除したい。

「い、いえ、そういうわけではなく……」

「遠慮することはないぞ、ラウーム。俺の回復魔法はみんなのためにあるんだ」

「た、体調は問題ないのです」

「え？ そうなの？」

なんか具合は良いらしい。たしかに、血色はいいし、風邪をひいている様子もない。じゃあ、なんで回復魔法を？ ……と疑問に感じていたら、ラウームはもじもじと言った。

「健康は問題ないのですが……ただ……その……気持ち……よくて……」

ぼそぼそ喋るばかりでよく聞こえない。ハッキリ言ってくれたまえよ。こちとら命がかかっているんだから。不安には思ったものの、健康は健康らしい。まったく心臓に悪い執事だ。アルコル師匠が駆けるマロンを呼ぶ。

「おーい、マロン。修行を再開するぞ。さっさと戻ってくるんじゃー」

「はい、アルコル様！ ただいま戻ります！」

ちなみに、アルコル師匠はというと、マロンの魔法訓練も担当するようになった。父上も許可しており、メイドの仕事の合間に修行をする。なんか、俺に教えることはもうないようだ。最初はあんなに嬉々としていじめてきたのに……あの修行の日々が懐かしい。もう一度やってもいいぞ。

「今日は《火炎球》の特訓じゃ。気絶するまで指導するからそのつもりでいるんじゃよ」

「ディアボロ様に少しでも近づけるよう、精いっぱい頑張る所存でございます！」

いや、やっぱいいわ。もちろん、修行は楽しかったよ。魔力を出しただけでも感動したもんさ。だが、きつかった……。大玉のスイカを背負ったマラソンはきつかった。マラソン後にやった二つの修行は本当に死にそうだった。

将来に迫る命の危機と、ランナーズハイみたいな気分でどうにか達成できたんだ。

「……《火炎球》！」

「おぉ、貴様もディアボロに負けず劣らずの才能の持ち主じゃ」

庭の端っこで巨大な火球が生成される。マロンは秘めた火属性の才能が開花されつつあり、日々成長を重ねている。今も顔に熱が伝わるほどだ。彼女の病気が治せなかったら、あの炎で焼き殺されていたというわけか。背筋が冷たくなるな。頭寒足熱ならぬ、背寒顔熱だ。寒気を感じたところで、俺はそっと本邸に歩き出す。

「あっ、ディアボロ様、お待ちください。私もお供いたします」

「いや、大丈夫だよ。アルコル師匠に修行を見てもらいな」

マロンの断罪フラグは無事に解消できた。だが、これで全ての問題が解決したわけではない。メインストーリーで一番の断罪フラグが残っている。

——シエル・ディープウインドゥ伯爵令嬢。

俺の婚約者が関わるフラグだ。彼女もまた体に不調を抱えている。マロンの次は、シエルの問題を解決したい。

俺と父上は相変わらず、離れと本邸の関係だった。まぁ、この辺りは立地の問題もあるからな。いずれは本邸の方にも住んでみたい。頑張って努力したからか、本邸側の使用人たちに怯（おび）えられることもなくなった。執務室（しつむしつ）に行き、静かにノックする。

「父上、ディアボロでございます。失礼してもよろしいでしょうか」

「……入れ」

父上の塩対応も、以前よりずっと良くなった……と思う。誰だお前は、とか言われなくなったしな。中に入ると、父上は手を止めて俺を見た。

「何か用か？」

心なしか、視線も柔（やわ）らかく感じる。関係が修復され始めているようで嬉しく思うが、これから切り出す話題を考えると喜んではいられない。

「父上、お願いがございます。シエル嬢（じょう）に会わせていただけませんか？」

「……なんだと？」

やはり、父上は厳しい表情となる。ディアボロの記憶をたどると、シエルの件は〝触（ふ）れてはいけない話題〟という認識（にんしき）になっていた。だが、そんなことも言ってられない。

「シエル嬢に、あのことをきちんと謝（あやま）りたいのです」

「……森での一件か？」

「はい」

　俺とシエルの婚約は、生まれたときには決まっていた。俗に言う契約結婚だ。

　今から数年前のある日、二人で森へ遊びに行ったとき、ディアボロがシエルを小さな崖から突き落とした。ちょっとしたいたずらのつもりだったようだ。

　結果、シエルは膝を壊してしまい、車椅子生活を余儀なくされた……。ディアボロの暴虐ぶりが際立つエピソードだな。

　原作をプレイしているときは、ディアボロにずいぶんと腹を立てたものだ。いくら俺が公爵家の令息だろうが、さすがに両家は揉めたらしい。当然だ。しかし、ディープウインドゥ家も伯爵という体裁があるので、表面上は丸く収まった。……表面上は。両家の間にはまだ深い溝がある。婚約者同士の関係なのに、ろくに会っていないのがその証拠だった。

　父上は羽根ペンを置くと、ひときわ厳しい顔つきとなった。

「ディアボロ、お前は自分が何をしたかわかっているのか？」

「はい、わかっております。正面から向き合って、謝罪の意を示したいと思います」

「シエル嬢はお前に会ってどう思う？　自分の両足を奪った男だぞ。そもそも、あのときにきちんと謝罪しなかったではないか。今さら謝ったところで、もう遅いのだ」

　あろうことか、ディアボロはろくに謝らなかった。不慮の事故だったとか、シエルの不注意だったとかで、あくまでも自分の非を認めようとしなかった。

そのため、俺は公爵家の息子にもかかわらず、ディープウインドゥ家に踏み入ることを禁止されている。最悪な過去があるためだ。実質出禁みたいな感じだな。

「お願いです、父上。回復魔法で彼女の足を治させてください。何より、一人の男としてきちんとけじめをつけたいのです」

俺は転生した身だが、もうディアボロだ。自分の行いで女の子が苦しんでいるなんて、良心の呵責に耐えられない。必死に頭を下げて頼み込む。父上はしばし黙っていたが、やがて静かに言ってくれた。

「……よかろう。ディープウインドゥ家には我輩の方から連絡しておく」

ホッと胸をなでおろす。主人公と出会う前に俺が回復させなければ……死ぬぞ、俺が。突然訪ねては失礼ということで、一週間後に正式な対面の場が設けられることになった。

□□□

ディープウインドゥ伯爵家は、ヴィスコンティ家の屋敷から馬車で小一時間ほどの距離だ。すでに、俺は到着していた。他には、マロンにラウーム、その他の使用人も何人かいる。父上は仕事で不在だ。

「馬車に乗るなんて何十年ぶりだったかわからんの。いつも飛翔魔法で飛んでいくから。ヒャーイヒャイヒャイ！」

そして、まさかのアルコル師匠。何か面白そうだから、とか言ってついてきちゃった。無論、父上から屋敷では静かにするように、ときつく言われている。

目の前に佇む建物は、白を基調とした外壁にネイビーブルーの屋根。清廉潔白な印象を受ける。我が家ほどではないが、ここも巨大な屋敷だ。

ディープウインドゥ家の使用人が出迎えてくれた。アルコル師匠を見るとざわつくものの、すぐに静かになる。父上が俺の師匠だと、しっかり話を伝えてくれたのだ。訪問者の中には俺もいるわけだが、さすがにあからさまな態度は見せない。だが、やっぱり厄介者が来た……みたいな雰囲気を感じるな。

そのまま、応接間まで案内された。室内にはディープウインドゥ夫妻がいる。二人とも微妙な面持ちだ。

待つこと数分……車椅子に乗った令嬢がメイドに付き添われて現れた。ハーフアップにした深い藍色の髪に、同じく藍色の瞳。陶器のごとく美しいオーラは、見る者を強烈に引き込んでしまう。原作でも一、二を争う人気キャラ。

俺の婚約者で、このゲーム最大の断罪フラグ――シエル・ディープウインドウだ。ドキドキする胸を押さえ、努めて冷静に話す。

「シエル嬢、こんにちは。ディアボロです。本日はお時間をいただきありがとうございます」

「……」

シエルは何も言わない。無表情で下を向いたまま、ずっと黙り込んでいた。まったく感情のこもらない瞳だ。その細い身体はわずかに震えている。年は俺と同じだから、彼女も十四歳。まだまだ人生はこれからなのに、俺のせいで台無しにされた。

その心境を想うと、そして断罪フラグの件を考えると胸が張り裂けそうだ。

「本日は謝罪に参りました。あの……森での一件をきちんと謝りたいのです」

俺が言うと、シエルはメイドから紙とペンを受け取った。さらさらと書くと、メイド伝いに渡される。

〔申し訳ございません。お帰りください〕

美しい字で、たった一文だけ書かれていた。重く心にのしかかる。あの事件があって以来、シエルは話すことをやめてしまった。彼女が意思を疎通するのはメイドを通してのみ。もちろん、学校でも筆談。それほど、あの事件はショックが大きかったのだ。原作では冷え固まったシエルの心を解かすことも、大事なエピソードである。

つまり、学園入学までに解決しなければ、俺は死んでしまうのだ。良心の呵責と、断罪フラグの恐怖で精神が壊れそうになる。なおも諦めずに話す。

「俺はあの日のことを忘れたことはありません。もちろん、謝って許されるとは思っていません。俺の魔力属性は闇ですが、必死に努力して回復魔法が使えるようになりました」

そこで、初めてシエルは顔を上げた。正面から視線と視線がぶつかる。お前の言っていることは本当か？　と眼で訴えられているようだ。ディープウインドゥ夫妻もまた、顔を見合わせる。

「本当なんです。お願いです……シエル嬢の足を治させてください。俺は変わりました。自分の行いを反省しています。少しでも罪を償わせてください」

父上やラウームのときと同じように頭を下げる。俺の礼に価値があるなんて思えない。それでも、ただただ気持ちを示すことしかできなかった。何時間かのような沈黙を感じた後、視線の先にス……と一枚の紙が差し出された。

〔とうてい信じられません。お帰りください〕

……ダメか。いくら頼んでも、シエルは取り合ってくれない。今までろくに顔も合わそうとしなかったのだ。当然だろう。これも全部、ディアボロの暴虐ぶりのせいなんだよな。

俺は変わったのだが、変わったとは伝えられない。やるせない気持ちを抱く。

……出直すしかないか。諦めて帰ろうとしたとき……マロンの言葉が静寂を切り裂いた。

「恐れながら申し上げます。ディアボロ様の仰っていることは真実です！　ディアボロ様は本当に変わられました。私の持病も闇属性の回復魔法で治してくださいました。そのおかげで、毎日走り回れるようになったのです」

思わず、マロンの顔をジッと見てしまった。彼女はキリッとした目でシエルを見つめる。

――俺を……助けてくれるのか……？

呆然としていたら、今度はラウームが口を開いた。

「マロンが言うように、ディアボロ様は完全に改心なされました。ヴィスコンティ家の執事長、このラウームもまた覚悟を持ってお伝えできます。ディアボロ様は以前のような暴虐令息ではありません」

「マロン……ラウーム……」

二人とも俺の味方をしてくれている……。最初はあんなに嫌われていたのに……。嬉しさで胸がじんわりと温かくなる。

「ワシからも一言言わせてもらおうかの。ディアボロは類まれなる才能の持ち主じゃ。本当に回復魔法を習得しおった。魔法の腕だけはたしかじゃよ。キング・オブ・クソガキじゃが」

アルコル師匠まで……。願わくは後半も褒めてくれたら嬉しかったけど。俺は何て良い人たちに恵まれたんだ。

シエルはしばらく考え込んでいたが、さらさらと紙に何かを書く。車椅子を自分で動かし、今度は直接渡してきた。

[……わかりました。そこまで言うのなら治してください。あなたのせいで動かなくなった私の両足を]

ありがとう、シエル。チャンスをくれて。絶対に失敗はできない。心してかかれ、ディアボロ。深呼吸し精神を統一する。両手をシエルの足にかざし、意を決して魔法を唱えた。

「《闇の癒し》！」

マロンやラウームのときと同じように、シエルが黒い光に包まれる。いいぞいいぞ、いい感じだ。安心したのもつかの間、突然彼女の顔が歪んだ。しかし、苦しそうな表情ではない。恍惚とした様子だ。こ、これはまさか……！

「んぁっ……ぁぁぁ～んっ！」

シエルは両腕で身体を押さえ、くねくねとなまめかしく動く。え、え、え……今回もあれが起きちゃうの？　単なる偶然の連続じゃなかったの？

途端に、ディープウインドゥ夫妻の表情が硬くなった。

「「……ディアボロ様？」」

「ち、違うんです！　違います！　これは違うんです！　信じてください！」

必死になって弁明していたら、シエルの嬌声が止んだ。ホッとなると同時に、俺は心配になる。ちゃんと治癒したんだろうか。

「こ……これで、治ったのですか……？」

シエルは呆然と呟く。鈴がリンリンと鳴るような大変に美しい声だ。この世界に来て、初めて彼女の声を聞くことができた。もちろん、さっきの嬌声はノーカンだ。俺はシエルの手をそっと握る。

「シエル嬢、今の魔法であなたの怪我は治りました。もう歩けるはずです」

「い、いや、しかし……あれ以来、私は一度も立ち上がったことがありません……」

「お願いです。俺を信じてください」

彼女はしばし俯いていたが、やがて覚悟を決めたように力強く言った。

「わかりました……頑張ってみます…………えいっ！」

シエルは目をつぶると、勢いよく……立ち上がった。フラフラするものの、しっかりと自分の足で立っている。徐々に、ディープウインドゥ夫妻の目は丸々と大きくなった。

「「シ、シエルが立った⁉」」

応接間は大歓声に包まれる。シエルは呆然としていたが、すぐその顔に喜びがあふれた。

「す……すごい……！　あんなに動かなかった足が動くようになるなんて……！　ずっと……ずっと動かないと諦めていたのに……！」

「これは奇跡だ！　奇跡が起きたんだ！」

「あぁ！　シエルが立てるようになれるなんて！」

シエルは両親と一緒に手を取り合り、嬉しそうにダンスする。その顔には涙も見える。怪我は完全に完治したようだ。無事に治せて安心した。

「じゃ、じゃあ、俺はこれで失礼しますね」

そそくさと出口に向かう。俺の役目はもう済んだからな。余計なことはせず、静かに退散しよう。

「お待ちください、ディアボロ様」

扉に手をかけたとき、シエルが凛とした声で俺を呼び止めた。まさか呼び止められるとは思わず、急いで振り返る。

「は、はい、なんでしょうか」

ドキドキしながら尋ねた。あまり良いことではない気がしたのだ。足は治せたが、心の傷まで癒えたわけではないだろう。俺が戦々恐々としていたら、彼女は淡々と告げた。

「まだちゃんとお礼を言っておりませんわ。一度……ゆっくりとお話ししましょう」

□□□

シエルは静かに紅茶を飲んでいる。この部屋には俺たち以外はいない。彼女の両親も、ディープウインドゥ家のメイドも、マロンたちもいなかった。正真正銘のふたりっきりの状況に、俺はかなり緊張する。注がれた紅茶も、ろくに飲めないような具合だ。

室内にシエルの美しい声が静かに響く。

「ディアボロ様は紅茶がお嫌いでしたでしょうか？」

「あ、いえ！　嫌いじゃないです！　むしろ大好きです！　……あっつ！」

「だ、大丈夫ですか⁉」

「大丈夫です！　俺には回復魔法があるんで！　《闇の癒し》！」

大慌てで紅茶を飲むと、舌と喉を火傷した。なので、これまた大慌てで治癒する。回復魔法を習得しといて良かったぜ。

黒い光に包まれていると、ふふふ……というささやかな笑い声が聞こえた。シエルが笑っている。

「ディアボロ様って、案外面白い方なんですね」

「あ、いや……すみません。騒がしくて」

「今日お会いするまで、このような方だとは思いませんでした」

シエルはカップを置き、静かに語る。その目に宿るはさっきまでの無感情ではない。どこか不思議に感じているような、悩んでいるような……そういった複雑な思いを感じた。

俺はカップを置くと、シエルに向き直った。

「謝罪が遅くなり、誠に申し訳ありませんでした。さらにはひどい怪我まで負わせてしまって……俺はあの頃の自分をぶん殴りたいです」

「いえ……私も悪かったと思っております」

シエルはポツリと呟く。私も悪かった？

「そ、それはどういうことでしょうか？」

「ディアボロ様は行きたくなかったのに、私が無理やり森に行こうと誘ったんですから」

「そんなの関係ないですよ！　全ては俺の責任です！　シエル嬢は悪くありません！」

とっさに否定した。そもそも俺が悪いのは事実だし、彼女の心理的な不安も解消しておきたい。いつどこで断罪フラグに発展するかわからんからな。懸命に違うと言っていると、シエルはフッと笑ってくれた。

「ディアボロ様は……本当に変わられたんですね」

シエルは自分の両手をキュッと握ると、真正面から俺を見た。凛とした清廉潔白な印象の視線に、心臓がドキリと脈打つ。

「私は……あなたを信じます」

「で、でも、俺はあのディアボロですよ。あなたにものすごく酷いことをした人間です。俺は……距離を取る準備だってできています」

最悪、婚約破棄されても仕方がないと思っていた。むしろ、その方がいい。シエルはストレスを感じなくなるだろうし、俺の将来を考えても無関係なのは安全な気がした。

「主の評価は、使用人からの評価が一番正しいです。それはあなたもよくわかっているはず」

「ま、まぁ……そうかもしれませんけど」

「マロンさんやラウームさん、そしてあのアルコル様も、ディアボロ様を心から慕っているとわかりました」

「シエル嬢……」

……そうか。マロンたちはそんな風に見えるのか。また、大事な仲間に守られてしまったな。俺一人では、とうていシエルに信用されることはなかっただろう。

シエルは俺の手をそっと握ると、今日一番の朗らかな笑顔を向けてくれた。

「ディアボロ様、私の足を治してくださり本当にありがとうございました。また歩ける日が来るなんて、これ以上ないほどの喜びです。あなたは自分の過去と向き合い、けじめをつけ、私の足を治してくれました。何よりもそれが、ディアボロ様の改心を示しています」

「……俺の方こそ、会ってくれて、身を委ねてくれてありがとうございました。あなたの足を治せたのも、シエル嬢の協力があったからです」

俺もシエルの手をそっと握り返す。頑張って努力を積んでよかった……。自分の命の危機が去ったこともそうだが、俺のせいで苦しんだ人を救えて嬉しかったのだ。

「それと、私のことはシエルとお呼びください。敬語も使わなくていいです」

「え、いいんですか?」

「だって……私たちは婚約者でしょう。あなたと一緒なら、幸せな毎日が待っていると思います」

シエルは優しく微笑む。そう……まるで女神のように。断罪フラグだとかそういうのは別にして、素直に守りたいと思った。

「でしたら　俺のこともディアボロと呼んでください……いや、呼んでくれ。なぜなら、

婚約……者だからな」

俺もボソボソとお願いした。自分の口から婚約とか言うのは恥ずかしい。心許ない俺を、シエルは微笑みながら見ていた。

「これからもよろしくお願いいたします……いえ、よろしく、ディアボロ」

「よろしくお願……よろしくな、シエル」

シエルの顔から、ピロンッ！　と好感度UPを示すハートが生まれる。嬉しくなった俺が彼女に手を差し伸べると、静かに……だけど力強く握り返してくれた。無事、シエルとの仲も修復できたのだな。彼女の笑顔を見ながら強く決心する。

信じてくれるみんなのためにも、俺はもっと努力するんだ。

□□□

ヴィスコンティ家の庭に、アルコル師匠の厳しい声が轟く。

「二人とも、こんなんではいつまで経ってもディアボロに追いつけんぞ！　ディアボロみたいになりたいんじゃろ！」

アルコル師匠に叱咤激励されると、シエルとマロンが膝に手をつき、ぐぐ……と立ち上がった。

「たしかに……アルコル様のおっしゃる通りでした。ディアボロに追いつくには、これくらいで音を上げてはダメでしたね」

「そうです！　この程度で諦めてはいけなかったんです！　ディアボロ様に私はなる！」

シエルに謝ってから、すでに二週間が過ぎた。なんだかんだ、彼女も俺の修行に同伴するようになった。どうやら、俺はマロンとシエルの目標になったらしく、二人は毎日修行を積んでいる。嬉しいやら何やらだ。

「ほれ、マロン。もう一度《地獄炎滅》の特訓じゃ」

「はい！　アルコル様！　……《地獄炎滅》！」

マロンが魔法を唱えると、庭の片隅で赤黒い炎の柱が出現した。空高くそびえるほどのどデカイやつ。15mくらい離れているのに、顔がジリジリと焼けるように熱い。まさしく地獄の業火。原作通りだと、ディアボロはあの炎に焼かれるというわけだ。

「あびゃぁー！　燃えるの見るの楽しい楽しい楽しいぃー！　何か焼き殺したいぃー！　ディアボロ様ぁー！」

ちなみに、マロンは魔法を使うと性格が変わる。バーサーカーみたく。自慢の炎で敵を焼き殺すのが大好きなのだ。繰り返すが、原作だと嬉々として俺を殺す。断罪フラグを思い出し背筋が凍る。マロンもまた、〝エイレーネ聖騎士学園〟への入学を目指している。ずっと俺の傍にいたい、と言ってくれたのだ。一応貴族には付き人枠があるのだが、実力で認められたいとのこと。素晴らしい心がけで頭が下がる。

「シエル。お主は《重力殺》の特訓じゃ」

「承知しました、アルコル様」

さらに少し離れたところでは、シエルが修行中だ。彼女は超絶珍しい無属性魔法の使い手。属性の付与はできないが、特別な効果の魔法が使える。特に重力魔法が得意だった。

「《重力殺》」

庭の片隅にあるドデカイ岩に、ミシミシとひびが入る。重力の圧力で敵を破壊する魔法だ。岩は十秒ほど耐えていたが、やがて木っ端微塵に弾け飛んでしまった。

「これが私の愛の重さ……」

ちなみに、シエルは魔法を使っても性格は変わらない。性格は変わらないが、なぜか決まって謎のセリフを言う。巨岩が壊れるほどの愛を受けられる人は幸せだ。愛の対象はご両親だろうか。

実は、二人とも〝超成長の洞窟〟に籠もりつつの修行なんだよな。素のステータスが高い上に、過剰なまでの努力。彼女らがどんな風に化けるのか今から楽しみだ。

俺のステータスはというと、大体こんな感じとなった。

【ディアボロ・ヴィスコンティ】
性別：男
年齢（ねんれい）：十四歳
LV：60／99
体力値：6000
魔力値：10000
魔力属性：闇（解放度：★10）
称号（しょうごう）：超真面目（ちょうまじめ）な令息、給料上げてくれる方、ディアボロ、スパンキングボーイ、有望株、すごい努力家、重い想い人、堕執事（だしつじ）、今夜も想う婚約者

……なんか色々とすごいことになっていた。レベル60……て、どうなんだ？　入学前に強くなりすぎだろうが。体力値も魔力値もヤバい数字だ。

称号も色々と気になるな。有望株はきっとアルコル師匠だろう。評価してくれているってことかな。となると、今夜も想う婚約者はシエルか。……ということは、彼女の愛の対

象は……！

「うふふ……粉々になっちゃった……」

シエルは岩の破片を見ながら意味深に笑う。また別の断罪フラグが立ちそうで怖いのだが。そして気になるのは堕執事という称号。……どういう意味だ？　ラウームが関わっているのは間違いないだろうが……。

「お～い、何やっとるんじゃ、ディアボロ。サボっていると二人に追いつかれるぞ～」

「サ、サボってないですって！　今行きますから！」

アルコル師匠の声が聞こえる。尻を叩かれる前に、慌てて彼女らの下へ向かった。マロンがきゃっきゃっと嬉しそうに報告してくれる。

「ディアボロ様っ。また一つ新しい魔法を習得できましたっ。見ててくださいましたかっ？」

「ああ、もちろん見てたよ。素晴らしい成長じゃないか」

「ありがとうございますっ。ディアボロ様が目標だと身が引き締まるんですっ」

彼女の成長ぶりを称えていたら、氷河のように冷たい声が聞こえた。

「……ディアボロは私より、マロンさんと話す方が楽しそうね」

「え！　ち、違うって！　誤解だよ！」

必死に否定したら、今度はマロンの凍てついた声が聞こえる。

「……私とお話しするのは嫌いということでしょうか……ディアボロ様……」

「そうじゃなくて！　そ、そんなことより、二人とも怪我とかしたらすぐに言ってくれよ」

「「……？」」

シエルもマロンもポカンとする。ので、力強く告げた。

「俺が死んでも治すから（断罪フラグを潰すために）！」

「「ディアボロ（様）……」」

二人とも顔を赤らめるのだが、体調不良じゃないよな？　やっぱり俺は心配だ。

何はともあれ、彼女たちは毎日必死に努力を重ねている。俺ももっと修行しなきゃならんな。今以上に努力することを決心し、修行を再開する。

父上も剣術の稽古を見てくれたりして、〝エイレーネ聖騎士学園〟入学までの一年はあっという間に過ぎていった。

【間章：私の婚約者（Side：シエル）】

――シエル・ディープウインドゥ。

今まで、その名は不幸の象徴だった。大怪我で歩けない令嬢……それが私だったから。

私は昔、婚約者に崖から突き落とされた。そう、あの暴虐令息こと、ディアボロ・ヴィスコンティに……。今思えば、ちょっとしたイタズラだったのかもしれない。でも、私の受けた傷は大きかった。医術師曰く、膝の関節が致命的なダメージを受けたらしい。もう歩くのは厳しいだろうと。当時受けたショックは、やはりすぐには忘れられない。それ以上に深い傷が刻まれた……心に。

――どうして……謝ろうとしてくれなかったのだろう。

当時のディアボロは「俺のせいではない」という主張を繰り返すばかりで、決して謝らなかった。その態度が、何よりも私の心をえぐった。足を怪我してから、喋る気力すらなくなってしまったのだ。この一件は、両家の間では〝触れてはいけない話題〟になった。互いに貴族の体裁もあったのだと思う。ディアボロとも疎遠になった。

それから数年後、ヴィスコンティ家から連絡が来た。ディアボロが正式に謝りたいと……。正直なところ、今さらどうして？　という思いがあった。両親も同じことを考えたようで、一度は断ろうかと言われた。でも…………私は会おうと思った。

　会って自分の気持ちを正直に伝え、決別しようと、婚約を破棄してもらおうと思った。ある種の覚悟を持って面会に臨んだものの、私は黙り込んでしまった。過去のトラウマが甦り身体が震えた。だけど、徐々にディアボロの様子がおかしいと気づいた。以前のように怒鳴ることもなかったし、ずっと丁寧な物言いで話した。

最初は、わざと丁寧に話しているのでは……と不安になった。優しさの陰に悪が潜んでいそうで怖かった。私の覚悟も消え去り、帰ってほしい、と手紙を渡した。それでもディアボロは帰らず私に訴える。謝らせてくれ、と。

「……俺の魔力属性は闇ですが、必死に努力して回復魔法が使えるようになりました」

　その言葉を聞いたとき、初めてディアボロの顔を正面から見た。闇属性で回復魔法……？　そんなの不可能ではないか。子どもですら知っている、この世の真理。やはり、嘘を吐いたのだ。そう思っていた。あの人たちが話し出すまでは。

　マロンさんやラウームさん、そしてあの〝死導の魔女〟と呼ばれるアルコル様までが、ディアボロは変わったと主張する。脅されている様子なんて少しもなかった。そもそも、アルコル様が認めるくらいだ。彼女たちの話は真実だとわかる。私は覚悟を決め、ディアボロに身を任せた。

黒い光に足が包まれると、身体を温かい電流が駆け巡った。不快ではなく、大切な人に抱かれているような幸福感。何というか、筆舌に尽くし難いという表現がピッタリだ。黒い光が消えた後、膝のスッキリした感覚に気づいた。いつもの違和感がない。

私は……立てた。何をやっても動かなかった足が、自由自在に動かせる。こんな日が来るなんて思わなかった。両親とも抱き合い、自然と涙が零れる。

その後二人で色々とゆっくり話した。ディアボロは〝エイレーネ聖騎士学園〟への入学を目指し、努力を積んでいるらしい。ヴィスコンティ家の人間であれば、無条件で入学できるだろうに。一緒に修行の話も聞いた。アルコル様に師匠になってもらい、ヴィスコンティ家伝承の〝超成長の洞窟〟に何週間もこもったと。私の怪我を治すため、不可能と言われた壁を乗り越えてくれたのだ。これからも互いに婚約者であることを誓い合った。

――ディアボロ、私はあなたを信じる。あなたは私の目指すべき存在になった。

過去の行いを反省し、自分でけじめをつける。簡単なように見えるけど、誰にでもできることではない。私もそんな真面目な人間になりたい。ディアボロにふさわしい婚約者になるため、一層精進することを決めた。

でも、他の女性と不必要に仲良くしないように。マロンさんのディアボロを見る目は、恋をしている女性の目。私は決して見逃さない。何はともあれ、今の私は幸せだ。

――シエル・ディープウインドゥ。

その名が幸福の象徴になる未来は、そう遠くない気がする。

【間章：息子は変わった（Side：グランデ）】

　ディアボロのことを考えるたび、我輩は憂鬱な気分になった。だが、我輩にも責任の一端がある。多忙を言い訳に息子の教育から目を背けていたのだ。思い返せば、妻と別居してからだった。ディアボロが荒れるようになったのは。息子がああなったのはきっと、親からの愛情不足が原因なのだ。そう思っても、今さら愛情を注ぐことなどできない。我が子との接し方すら忘れてしまったのだ。ある種の諦めから、離れて暮らすようになった。

　しかし、ある日ディアボロは突然変わった。周りにいる人間全てを攻撃する凶暴な視線は消え、謙虚で柔らかな目つきになった。学園入学のため、魔法の修行がしたいと言う。勉強嫌いのディアボロが、とうてい口にするような言葉ではない。何か別の存在が憑依しているのでは、と疑ったほどだ。

　〝超成長の洞窟〟まで使いたいと言ったときは、我輩もさすがに驚いた。どうしてそんなにやる気になったのか……その理由は今もわからない。様子を見るため、使用許可を出した。指導者には戦友であるアルコルを呼び、厳しくしてくれと頼んだ。正直なところ、すぐに投げ出すだろうと思っていた。……ところがどうだ。

ディアボロは真剣に修行に打ち込んだ。あろうことか、回復魔法の習得まで達成したのだ。有り得ない……。そんなことは歴史上初めてだ。だが、アルコルから直接聞いたから間違いない。そして、我輩は息子の実力を目の当たりにするのだった。

ディアボロはメイドとして務めるマロンの病気を治した。我輩も何人もの医術師や薬を手配したが、治ることはなかった。そのような難病を、ディアボロは簡単に治してしまった。マロンが庭を走り回る様子は、ディアボロの変化を象徴しているかのようだった。

信じがたいことに、息子の活躍はこれに止まらなかった。シエル・ディープウインドゥ伯爵令嬢。己の婚約者に謝りたいと言われた。過去、自分が負わせた怪我を治したいと。

――〝触れてはいけない話題〟……。

当時、ディープウインドゥ家とはかなり揉めた。当然だ。自分の娘が傷つけられたら、どんな親でも憤怒の気持ちを抱く。結果として、ディープウインドゥ家は引き下がってくれた。我輩もまた補償はしたものの、それっきりにしてしまった。シエル嬢の足が治ってから、本人とも伯爵夫妻とも話ができた。ディアボロが両家の仲を修復してくれたのだ。

――我輩は、父として未熟だった。

息子の変化を見て、そう感じる。我輩は一番大事な物を見失っていた。ディアボロ、ありがとう……。お前のおかげで我輩も新しい一歩を踏み出せる。

【第四章：学園入学】

ディアボロに転生してから、ほぼ一年経った。俺は今、屋敷とは違う場所に来ている。

緊張した面持ちで見上げる建物は、白い壁に紺色の装飾が教会のように厳かだ。心の中で気を引き締めながら眺めていたら、傍らのシエルが言った。

「ディアボロ、どうしたの。そんなにぼんやりして。……わかったわ。他にキレイな女性がいたのね。あなたが私を見てくれるよう、今日からお肌のケアに五時間かけましょう」

「違うから！」

否定した途端、今度はマロンが言う。

「ディアボロ様はモテますものね～。私もその視野に入れていただけるよう、髪のケアに十時間かけます」

「ちっがーう！」

大声で叫び、門をくぐる。周りの受験者たちが不審な目で俺を見るが、そんなことは知らん。これから俺は、文字通り人生の山場を迎えるのだ。

――〝エイレーネ聖騎士学園〟。

このゲームのメイン舞台となる学園に、俺たちは来た。入学試験を受けるためだ。試験は筆記・魔力の測定検査・実技の三つだ。筆記はすでに別の場所で受けており（シエルとアルコル師匠の指導のおかげでどうにかクリア）、魔力の測定検査も午前中に済ませた（測定用の水晶玉ぶっ壊して悪目立ちした）。

ということで、午後から実技試験だった。ヴィスコンティ家みたいな位の高い貴族は、全ての試験を免除できるらしい。だが、俺は一般枠での受験を希望した。せっかく、あんなに厳しい修行を積んだんだ。コネなんて使わず、正々堂々と実力で勝負したい。ついでに、その方が好印象になりそうだからな。

やはりシエルとマロンも落ち着かないようで、ソワソワと話す。

「試験ってドキドキするわね」

「初めてのことで緊張です」

「二人とも特別枠で入学できたのに……どうして一般枠で受験したの？」

かねてからの疑問を尋ねる。二人はポカンとした後、淡々と告げた。

「どうしてって……ディアボロを目指しているからよ。こんなすごい婚約者にふわさしい人間になりたいの。だから、あなたと同じ道を歩むことに決めたってわけ」

「私もシエル様と同じです。仕えるご主人様のすごさに、少しでも近づきたいんです」

俺が二人の目標なんて嬉しいが緊張するな。シエルとマロンのフラグはどうにか折ったものの、まったく油断できない。

原作はハーレム志向があり、主人公が助けるというコンセプトがあるためか、やたらとヒロインが多い。ほぼ全員が身体の不調を抱えており、その原因は大なり小なり俺。つまり、学園での一挙手一投足が俺の運命に関わるのだ。

中でも、ここエイレーネ王国の姫様が一番の関門だろう。死の呪いに侵され余命短い中、最後の思い出作りのため学園に入学する……。

前世のゲーム知識を思い出す中、ふいにシエルが俺の頬をつんつんと触った。

「緊張したディアボロも可愛い……頬っぺた触っちゃお」

「あっ！　シエル様だけずるいですよ」

「ずるいって、私は婚約者なんだから当然でしょう。マロンさんこそベタベタ触り過ぎよ」

「ほ、ほら、目立ってるからっ」

この一年を通して、シエルとマロンは仲良くなった。素直に嬉しい。しかし、裏を返せば同時に断罪されかねない、というわけか。まったく、一時も気が抜けないんだぜ？

両側から頬をツンツンされ、また要らん注目を集め、連絡のあった訓練場に向かう。広さは一般的な校庭の二倍はあるかな。すでに百人は超える受験生が集まっていた。

俺を見つけるや否や、受験生たちは小声で相談を始める。

「おい……暴虐令息が来ているぞ……特別枠じゃないのか？」

「冷やかしかしら……あのヴィスコンティ家の息子でしょう……」

「……きっと、俺たちみたいな下級の貴族を見下しに来たんだ……」

なんか前評判悪いし。まぁ、この辺りは俺の行いのせいだからしょうがない。なぜかシエルとマロンはイラつき始め、怖い声音で話す。

「あの人たちディアボロが変わったことを知らないのね。ついでに、悪い虫がつかないよう私の愛の重さを示さないと……」

「同感です。なんだか焼き殺したくなってきました……」

これはまずい。彼女たちが本気になったら、死人が出かねない。

「お、落ち着いてくれよ、二人ともっ。せっかくの可愛い顔が台無しだぞっ」

「「……ディアボロ（様）」」

必死になだめ、ドキドキと待つこと五分。予定開始時刻と同時に、一人の女性が現れた。

髪型は黒いベリーショートで、同じく黒い目はキリっとしたつり目。ショートパンツにタンクトップというラフな格好だが、肉食獣のような威圧感を感じる。ヒョウのような印象で孤高の女といった雰囲気。肩に乗せるは釘バット。原作では、一年生の戦闘体術を受け持つ先生だ。

「諸君、そろっているようだな。試験監督のレオパルだ。試験が終わるまでは、私の指示に完全に従え。まずは、私語をせず私の話を最後まで聞くこと」

レオパル先生は淡々と告げる。この光景に懐かしさを感じた。彼女はなんと、ベータ版のチュートリアルキャラなのだ。発言が厳しすぎたため商品版では別キャラに変更となったが、ファンの中では根強い人気がある。

特に、M属性をお持ちの方々は大好きで、彼らの強い要望からDLCに恋仲ルートが用意されたほどだった。ちなみに、俺は未プレイなので詳細は不明。

ゲーム知識を思い出していたら、俺の隣からこしょこしょ……という囁き声が聞こえた。

「なぁ、あのセンセ、美人じゃね？」

「それな。色気はねえけど」

名も知らぬ男子貴族が、麗しき試験監督の評価を下す。お、おいっ、なんて命知らずな……！

「「まぁ、大目に見てBランクってとこかな……げはぁっ！」」

突然、男子ズは数mほど吹っ飛ばされた。ざわつく訓練場。俺たちの目の前には、いつの間にかレオパル先生が立っている。一瞬のうちにレオパル先生は瞬間移動して、男子ズを殴り飛ばしたのだ。

「どうやら、耳栓をしている受験生が何名かいるようだな。目で見ないとわからないということか？」

静まり返る訓練場。レオパル先生は雷属性の使い手だ。自分の身体に魔力を巡らし、人間の身体能力を向上させる。だから、こんなに速く動けるのだ。実際に見るとすげぇー……って思っていたら、突然ギロリと睨まれた。心臓が跳ね上がる。

「ほぅ……あのディアボロ・ヴィスコンティが本当に一般枠で試験に挑むとは。不正をしないか見張っておくからな」

「あ……なんかすみません……」

いきなり目をつけられたんだが？　みなが緊張した顔になったのを見て、レオパル先生は試験の内容を説明する。

「これから、諸君には互いに一対一の戦いをしてもらう。いわゆる模擬戦闘だ。勝者は入学が確定。ただし、敗者にも入学の可能性がある。戦いぶりで判断するので、最後まで真剣に戦うように」

負けても入学の可能性がある……というのは、初心者プレイヤーに対する救済処置だ。

ゲームが苦手な人もいるからな。説明を聞き、ホッとする受験生も何人かいた。……あいつらも転生者じゃないだろうな。

「では、試験の組み分けを発表する。呼ばれた者は訓練場に残れ。その他の者は観覧席で見学だ。まずはケイト・シュパーダ、リッテン・ハイアラン……」

　生徒が呼ばれ、試験が行われ、時が過ぎる。試験監督は他にも何名かいて、効率的に試験は進んだ。この辺りも原作通りだが、一つ様子がおかしい。王女様の名前が出てこない。本来なら結構早めに出るんだけどな……と考えたところで、俺の順番になった。

「ディアボロ・ヴィスコンティ！　そして、フォルト……！」

　とうとう来たぞ。原作主人公様のお目見えだ。ディアボロ人生最初にして最大の壁。彼に勝利できるかどうかが、俺の未来を決める。緊張しつつ歩を進めると、反対側から痩せた男が歩いてきた。

「君があの暴虐令息か。噂だと、ずいぶんと凶暴な性格らしいね。でも、僕様が勝ったら君の権威（笑）も失墜しちゃうかな？　言っておくけど、僕様の才能には誰も勝てないよ？　ま、手加減してあげるから安心して」

「お、おう、よろしく」

　――フォルト。

このゲームの主人公様だ。やたらと上から目線で好戦的だが、実はフォルトも元はアウトロー寄りな性格だ。幼少期から貧乏で厳しい暮らしを送った結果、少々すさんだ心になってしまった。

〝エイレーネ聖騎士学園〟で過ごすうち、徐々に優しい心を取り戻し、最後には立派な人間になる。何があっても改心しないディアボロとの対比も、このゲームの大きな特徴だった。一応、挨拶として握手を交わす。

フォルト君の見た目は黒髪マッシュで、量産型男子って感じかな。何だかんだウケがいいのだろう。ゲームだからか、さすがにイケメンだ。それにしても……なんか女好きっぽく見える。ＳＮＳとかで散々見てきた。「女子に興味ないっす……」みたいなヤツに限って、裏ではハジけているんだよな。

「両者、配置につけ」

「「はいっ！」」

ゲームだとレオパル先生にも少々歯向かうのだが、この世界のフォルト君は好青年を演じる。

基本的に、〝エイレーネ聖騎士学園〟は貴族の学校だ。平民出身者も何人かいるが、本当に数えるほどだった。高い学費もそうだけど、この学園には大事な目的があり、貴族の方が達成しやすいと考えられたからだ。

フォルトは平民出身だが、非常に稀有な聖属性の魔力を宿す。国全体で見ても、聖女とか剣聖とか、限られた人物しか持っていない属性だ。だから、入学試験が特別に認められた……という設定だった。

「いやぁ、僕様が貴族を……しかも公爵家なんて偉い貴族を倒したらモテモテになっちゃうな」

「う、うん」

フォルト君は腰の入っていないファイティングポーズを取る。……倒しちゃっていいのかな。仮にも原作主人公を……。そう思ったとき、俺は極めて重要なことに気づいた。

——こいつが入学しなければ、俺の未来は安泰なんじゃね？

そうだよ。俺の断罪は、フォルト君がヒロインと関わることで生まれる。なので、彼には悪いが頑張らせてもらおう。それに、心配することはないだろ。フォルト君はこの世界の主人公だ。めちゃくちゃ強いに決まっている。なぜなら主人公なんだから。

「始めっ！」

レオパル先生の合図が響く。俺は全力を出すことを決意した。

□□□

「……げほっ。も、もう無理……」

三秒後、フォルトは地面でのびていた。……いや、弱くね？　【悲報】フォルト氏、あんまり強くなかった。……そりゃそうか。最初はレベル5スタートだ。さすがに実力差があり過ぎたか。

レオパル先生が品定めするような顔で俺を見る。

「あの暴虐令息が修行を積んでいるという話は本当だったか」

「え？　は、はい、入学のため頑張りました（本当は断罪フラグを回避するためですが）」

「ふむ……」

相変わらず目つきは怖い。悪印象じゃないことを祈っていたら、聞き馴染みのある女の子の声が聞こえた。

「ディアボロ～、試験終わったの～？」

「どうでしたか、ディアボロ様？」

ちょうど俺の模擬戦闘が終わったところで、シエルとマロンが歩いてきた。彼女らの試験も終了したらしい。二人を見た瞬間、背筋が凍った。

「シエル！　怪我をしているじゃないか！　しかも、マロンも！」

「これくらい別に大したことないわ。ちょっとひっかけただけ」

「私も全然大丈夫です。ほんのかすり傷ですから」

シエルもマロンも腕に切り傷がある。大変だ！　フォルトに治される前に治さないと！

「放っておけるわけないだろ！　すぐ治すから！　《闇の癒し》！」

すかさず回復魔法で治す。フラグは即潰すのだ。……ちょっと待て、この流れは！

「「んんっ！　……あぁ～！」」

試験会場に響く嬌声に比例するように、レオパル先生の眉間に深い皺が寄る。

「……ディアボロ、何をやっている……？」

「違うんです、レオパル先生！　これは違うんです！　お願いですから、釘バットを振り被らないでー！」

身をよじるシエルとマロン、襲い掛かる釘バット、そして俺を睨みつけるフォルト君。な、なぜ睨む……あ！　これ最初の大事なイベントじゃん！　フォルト君がシエルたちの病気を治して信頼を得る。そのはずが、先に俺が治しちゃった。

つまり、彼は未来の嫁になるヒロインを、知らず知らずのうちに俺に奪われた形となる。

——もしかして、俺……何かやっちゃいました？

す、すまん、そんなつもりはなかったんだよ……。だから、睨まないでくれ。悲喜こもごもの試験は、無事に終了を迎えた。

□□□

試験の結果、俺たちは三人とも無事合格した。ナンバー1はなぜか俺。そして、ナンバー2は、意外にもシエルやマロンではない。コルアルという名の少女だった。原作でも聞いたことがない名前だ。要注意人物だな。

ついでに言うと、フォルト君も合格した。……マジか。結構、力の差を見せつけたつもりだったんだけどな。やっぱり主人公補正？　くぅぅっ、羨ましいぜ。断罪の元凶になる人物が入学するのは不安だが、まぁしょうがない。

心機一転、俺は学園寮の自室に荷物を運び入れていた。授業は明日からなので、今日中に部屋を作るのだ。教科書が入った大きな木箱を部屋の片隅に置き、とりあえずは終了だ。

「……よっこいしょっ。ふぅ、ようやく終わったか」

「お疲れ様でした、ディアボロ様。冷たいタオルをどうぞ」

手伝ってくれているのはラウーム。わざわざ、ヴィスコンティ家から応援に来てくれた。

「ありがとう、助かったよ。おかげで予定より早く終わった」

「あの、ディアボロ様……一つよろしいでしょうか」

「どうした？」

ラウームはもじもじしながら言う。なんか前にも見たような光景だな。

「実は……運搬の最中、腕を痛めてしまったのですが……」

「なにぃ⁉　腕を痛めただとぉ！　こうしちゃいられん！　《闇の癒し》！」

「んっ……！　ぁあ～っ！」

断罪フラグが立ちそうだったので、即回復魔法で癒す。迸るおじさんの恍惚顔。ふむ……やっぱり複雑な気持ちになるな。

例の黒い光が収まっても、ラウームの身体はしばらくビクッ！　ビクッ！　と小刻みに震えていた。反応が反応で少々不安になる。

「だ、大丈夫か？」

「え、ええ……おかげさまで……全快……いたしました……」

ラウームは恍惚とした顔のままお礼を言う。息が荒くて心配なんだけどな。そして、この部屋には俺たち以外の人間もいた。それは……。

「マロンさん、反対側持ってくれる？」

「はい、お安い御用です」

「これを運んだら、あなたのタンスも運びましょう」

「シエル様がいらっしゃって良かったです」

シエルとマロンもまた、各々の荷物を搬入している。俺の部屋に。いやぁ、本当に仲睦まじくて良いな。運び込んでいるドレッサーや小さなタンスも、何となく似たようなデザインを感じる。仲良しだとセンスも似るのだろう。……じゃなくて！

「あの、二人とも！」

「「?」」

俺は大慌てで叫ぶが、シエルとマロンはポカンと佇む。そんな二人に素朴な疑問をぶつけた。

「……なんで俺の部屋に荷物運んでるの?」

「なんでって、そりゃあ……」

「ええ……」

二人は顔を見合わせる。な、なんだ?

「「一緒に住むって申請したからよ（です）」」

「……なに?」

一緒に住む……だと……？　今度は俺がポカンとしていたら、彼女たちは得意げにつらつらと説明した。

「婚約者同士は同棲が認められているの。まぁ当然だけど」

「付き人も同様です」

「なん……だと……？」

た、たしかに、原作でもそういう設定はあった。ヒロインと仲良くなったフォルトは、寮でも親密さを深める。R18に引っ掛かりそうなミニゲームもちょろっとあった。とはいえ、これはもはや現実だ。男女三人同じ屋根の下で暮らす……いいのか？

「し、しかしだな、シエルは良いとしてマロンはどうなんだ。だって、そんなのラウームが……」

「ちなみに、父も賛成しています」

なん……だと……？　マロンの言葉に、俺はギギギ……と首を動かしてラウームを見る。

「マロンがディアボロ様と親密になれば、私もいずれ同せ……」

ラウームは虚空に向かってうわ言を喋るばかり。どうやら、マロンの言う通りらしい。

こうなったら苦肉の策だ！

「だ、だけど、シエルはいいのか？　婚約者が自分以外の女と同棲するのは……」

「最初は嫌だったけど、私は気づいたの。マロンさんもディアボロを好きという気持ちは同じ。だから、私たちは同志になったわ」

マジか。色々と急展開過ぎるだろ。同じ部屋で美少女二人と同棲の毎日なんて……ピュアな俺からしたら卒倒しかねない。

……ん？　ちょっと待て、ディアボロ。一緒に暮らすということは、常に二人の体調や怪我を気遣えるってことだ。

つまり、断罪フラグを即座に排除できる。ふむ、逆にいいな。…………いや、良くないだろ。常識的に考えて。

「な、なぁ、やっぱり同棲はまだ早いんじゃないかな。だって、俺たちはまだ十五さ……」

「普通よ。おかしくもなんともないわ。なぜなら、婚約者同士なんですもの」

「付き人が主の部屋にいるのは一般的でございます」

一瞬で論破された。いつの間にか、ラウームは姿を消している。つまり、部屋の中に三人きり。……おや？　雰囲気の様子が……？

「さて、始めましょうか。ディアボロ、今夜は寝られないと思っていて」

「二対一ですが、ディアボロ様が相手ならちょうどいいハンデですね」

ベッドに押し倒された。右からはシエルが、左からはマロンの手が伸びる。あれあれあれ？　不思議と抵抗できないぞぉ？　あ、あ、あ、服が………あ～れ～！

【間章：悪評と逸材】

実技試験より数時間後、〝エイレーネ聖騎士学園〟の大会議室。学園の教官たちが集合した。受験生の合否について話し合うためである。その数、全部で十二人。学園が誇る優秀な人材たちだ。

全員が席に着くと、真っ先に黒髪の痩せた男がレオパルに尋ねた。男は三年生の高度魔法担当、リオン。レオパルの兄である。

「レオパル、どうだ？　今年の受験生は？」

「まぁ、悪くはない……といったところだ」

「君がそう評価するということは、優秀な生徒が多かったんだね」

「ふんっ、どうだか」

レオパルは素っ気なく言うものの、受験生のレベルの高さに舌を巻いていた。特に、ずば抜けて才覚を放つ者がいる。教員たちは彼の話で持ち切りだった。

「ぶっちぎりで一番とはね。僕もビックリしたよ。ひどい悪評など少しも感じさせない」

リオンが素直な言葉を述べると、他の教員たちも種々の感想を話す。

「ここまでの成績は初めてじゃないか？」

「二十年ぶりに記録更新だな。こいつはすごい」

リオンたち教員は、配られた試験結果を見て感嘆の声を漏らした。筆記はまぁそこそこだが、それ以上に魔力検査と実技試験の結果がずば抜けていた。いずれも学園始まって以来の記録だ。試験結果もそうだが、それ以上に彼らが驚いているのは男の名前にあった。

――ディアボロ・ヴィスコンティ。

暴虐令息という最悪の評判だ。使用人に暴力を振るい、暴言を吐き、立場を利用してやりたい放題。あのヴィスコンティ公爵ですら手を焼いているという。その暴虐令息が、あろうことか一般枠で受験した。勉強はもちろんのこと、魔法の修行などしたこともないはず……。それなのに、このような好成績を収めたことに一同は驚愕した。

教員の一人、ひと際体格の良いスキンヘッドの男がぞんざいに資料を投げ捨てる。

「おい、レオパル。ディアボロってあいつだろ？　あの暴虐令息。なんでこんな強えんだよ。腐った性根を叩き直してやるつもりだったが、下手したらすでに学園トップクラスの実力だぞ」

二年生の戦闘体術担当、エネルグ。正義感の強い彼は、ディアボロの悪い噂に嫌悪感を抱いていた。故に、入学してからは徹底的に鍛え直すつもりだった。だが、あまりの好成績に肩透かしを食らった気分だ。どうして、あの怠け者の暴虐令息がこんなに強いのか。

教員たちは各々の予想を話し出す。

ディアボロが裏で何か画策しているのではないか……。概ね、そういった結論にまとまりつつある中、一人の初老の教員が口を開いた。

「まぁまぁ、先生方。落ち着いてくだされ。評判がどうであれ、結果は結果じゃ。魔力測定用の水晶玉を割るなど信じられん。ワシたちならいざ知らず、受験生は年端もいかぬひよっ子じゃからな」

豊かな白髭を蓄え、穏やかでも鋭いグレーの瞳を持つ年老いた男性。彼が話した瞬間、教員たちは言葉を止めた。

――クルーガー・ナウレッジ。

〝エイレーネ聖騎士学園〟の現学長である。その膨大な魔力と、四属性をも扱う魔法の腕は他者の追随を許さない。学園の長い歴史を見ても、クルーガーの実力は群を抜いていた。

「先生方は知らんかもしれんがの、ディアボロは改心したようじゃ。ほんの一年ほど前にな。前にグランデと会った時、彼から聞いたのじゃ」

「「改心……？」」

クルーガーはディアボロの変わりようを伝える。以前の暴虐ぶりは鳴りを潜め使用人たちに優しくなったこと、学園入学に向けて魔法の修行を毎日積んだこと……今では模範的な少年になったということ。教員たちはみな、クルーガーの話を真剣に聞いた。

「そんなことがあったのか。まさか、あの暴虐令息が改心するとは」

「人って変わるものなのですね。にわかには信じ難いですが」

「何はともあれ、ここまでの努力は認めなければなりませんね」

ディアボロの懸命な努力は教員たちにも伝わり、暴虐令息という悪評は覆ることになった。クルーガーはレオパルに向き直る。

「ところで、レオパル先生。今年はディアボロ以外にも将来有望な受験生がいたのじゃろう?」

「はい。全部で三人……一人はシエル。あのディープウインドゥ伯爵家の令嬢です」

「ほう、あの無属性持ちか。たしか、ディアボロの婚約者だったと記憶しておるが」

ヴィスコンティ家当主、グランデから話を聞いて以来、クルーガーはディアボロに強い興味を惹かれた。話を聞き、また実際に彼の試験を見て確信した。ディアボロは完全に変わったのだと。

何が彼をそこまで変えたのか……。クルーガーは元暴虐令息に興味深々で、周辺事情も色々と調べていた。レオパルはやや辟易した様子で答える。

「ええ、そうです。重力魔法が得意らしく、対戦相手の生成した強力なゴーレムを木っ端微塵に粉砕しました。ディアボロに対する愛の重さが力の源だと、とうとう説明されました」

「ふぉっ、ふぉっ、ふぉっ。仲が良くていいではないか。もう一人は誰じゃったかいの」

「マロンというディアボロのメイドです。入学前にあれほどの高火力の火魔法が使えるとは思いませんでした。彼女もまたディアボロに対する熱い想いが自分の原動力とのことで……少々胃もたれしました」

シエルもマロンも、レオパルが担当した。結果、ディアボロがどれほど立派で素敵な男性なのかを、延々と聞かされる羽目になった。

「ディアボロはモテモテじゃの。ワシの若い頃にそっくりじゃ」

「どうやら……彼女たちはディアボロを目指しているようなのです。自分もディアボロのような人間になりたいと、努力を重ねていると聞きました。……自分を虐めていた人間に対して、そのような評価を下す者を私は見たことがありません」

二人の少女は、嬉々として自分の目標を語った。ディアボロみたいになりたいと。暴虐令息の悪評を聞いていたレオパルたちにとって、それは信じられないことだった。

「まぁ、それだけディアボロの変わりようがすごいという話じゃろう。ますます興味が湧いてきたわい」

「彼女たちは、ディアボロに自分の怪我や病気を治してもらったのを感謝していました。おかげで健康的な生活が送れていると」

「ああ、大事なことを忘れるところじゃった。ディアボロは闇属性持ちにもかかわらず、回復魔法を使ったそうじゃな」

「はい。とても信じられませんでしたが、私も実際にこの目で確認しました。あれはまさしく回復魔法です」

レオパルの言葉を聞き、大会議室はかつてないほどのどよめきで包まれた。リオンが感嘆とした様子で話す。

「僕ですら聞いたことがないな。ぜひとも詳しく話を聞きたいものだね。……サチリーはそういった話を聞いたことがあるかい？」

「私も……そのような……報告は……把握してません……」

ぼそぼそと呟くように言うのは、二年生の魔法学担当サチリー。丸い眼鏡に寝ぐせが飛び跳ねた髪の毛。一見するとずぼらな印象だが、彼女は教員の中でもずば抜けた頭脳と幅広い見聞を持つ。闇属性の魔力で回復魔法の習得……天才的な彼女でも、そんな事象は聞いたことがなかった。

クルーガーもまた、よく伸びた顎髭をさすりながら呟く。

「ワシですらそんなことは不可能だと思っておった。ディアボロは想像以上の人材じゃ。……それで、三人目は誰かの？」

尋ねられたレオパルは、近年でも印象深い入学試験を思い出しながら答える。

「コルアルという男爵令嬢です。あの〝死導の魔女〟を彷彿とさせる魔法の使い手で……あろうことか、彼女もまたディアボロを追って入学したとのこと」

「そりゃあすごいことじゃ。あの男はそんなに影響力が強いんじゃな」

教員たちはもはや、ディアボロに圧倒されるばかりであった。だが、これは入学試験に関する会議。すぐに話題は別の生徒に移った。レオパルが尋ねる。

「クルーガー学長、フォルトはどうしましょうか」

「うむ……」

——フォルト。

平民出身にもかかわらず、極めて稀有な聖属性の持ち主。学園内でも数えるほどしかいない。受験前は教員たちの注目を一手に集めていたが……。

「レオパル先生の見立てはどうじゃ？」

「正直……ディアボロが圧倒過ぎて実力がわかりません。恐ろしく速い手刀でした。私でなければ見逃していたかと……」

ディアボロとフォルトの模擬戦は、まさしくドラゴンとスライムの戦闘のよう。それほど、両者の間には圧倒的な実力差があった。単純に強さでいうと、ディアボロが遥か上。レオパルはそう評価を下し、他の教員たちもまた同様であった。

クルーガーはしばらく悩んでいたが、やがて結論を出す。

「みなも知っての通り、聖属性の持ち主は大変貴重じゃ。筆記も魔力測定も及第点。フォルトもまた、合格としよう」

ディアボロが努力に目覚めたことにより、シナリオは少しずつ変わっている。断罪されるべきだった悪役と、この世界の主人公。両者が相まみえる波乱の学園生活が幕を開ける。

【第五章：最初の試練と大事な目標】

翌朝、俺たちは学園の教室で待機していた。いよいよゲームの本格的なスタートだ。周りには他の生徒たちも。ざっと三十人くらいかな。試験はなかなかの難易度だったようだ。みな、さりげなく俺を見る。元々悪評が轟いていた上に、測定用の水晶壊したりして悪目立ちしたからな。シエルとマロンもまた、教室を興味深げに眺めては呟く。

「みんな優秀な人に見えるわ」

「あの試験をクリアしたんですものね」

「ああ、そうだな」

彼女たちの肌はツヤツヤだ。いやぁ、昨晩は大変だった。全身の筋肉が痛い。まぁ、重い荷物を運んだりしたからだろう。とはいえ、心地好い疲労感だ……。

フォルトはというと、少し離れた席にポツンと一人で座っている。原作通りなら、シエルかマロンが隣にいるはずだ。俺を見ると睨んできた。ええ……。そんな恨めしい顔をするなって。先行き不安だな、と思っていたら、一人の少女がフォルトの隣に近寄った。

目にかかるくらいの長い黒髪が地味めなキャラデザ。彼女はデイジー・ドワーカー男爵令嬢。サブヒロインの一人だ。デイジーはおずおずとフォルトに話しかける。

「あの……ここの席って空いているかな」

おっ、いいぞ。どんどん仲良くなってくれ。俺の安泰な将来のために。フォルトはデイジーを見ると怖い顔で告げた。

「何か僕様に用かな。今、高尚な考え事をしているのだけど。君には想像もつかないくらい高尚なね」

「あ……えっと……ここ空いているのかなって……」

「君みたいな地味な子が座る席じゃないよ。即刻立ち去ってもらおうか」

「う、うん……なんかごめんね……」

フォルトくーん！　デイジーはショボショボと立ち去る。せっかくのチャンスを無駄にするなんて。まぁ、学園生活も始まったばかりだし、しょうがないのだろうか……。そう思ったとき、何かが頭に引っかかった。今のはどこかで聞いたような……あっ！

――原作ならディアボロが言うセリフだ！

思い返せば、ディアボロが地味だの暗いだの、近くにいるだけで根暗がうつるだの色々と悪口を言って、デイジーを傷つけるイベントがあった。それを見かねた主人公が慰めて、二人の仲が進展するのだ。

まさか、立場が逆になるとは……不思議なこともあるな。フォルト君の挙動をよく観察した方がいいかもしれない。断罪フラグの回避について何かヒントがあるかも……。

「皆さん、着席してください。授業が始まりますよ」

扉が開くと同時に女性の教員が入ってきて、思考はそこまでとなった。この人はアプリカード先生。肩くらいまでの緑の髪に、緑の目。一年生の魔法学（魔法理論の総論などを学ぶ科目）担当だ。魔法使いの代名詞みたいなローブがいつもの服装。

「初めまして、私はアプリカードと言います。どうぞよろしく。では、授業の前に学園の簡単な説明を行います。皆さんはもう知っているでしょうが、この学園は次なる〝聖騎士〟を育てるため開校されました。まずは、この国の歴史からおさらいしましょう」

アプリカード先生は空中に映像を出しながら、エイレーネ王国、そして学園の歴史を説明する。まとめるとこんな感じだ。

〔今から数百年前、エイレーネ王国は魔族の侵略を受けた。国の危機に立ち向かったのが五人の勇者たち。彼らは圧倒的な力で魔族を撃退し、魔王の封印に成功する。やがて、人は彼らを聖騎士と呼ぶようになった……〕

ここは原作通りで安心した。アプリカード先生は最後の話を続ける。

「……長い年月が過ぎ、魔王の封印は徐々に弱まっています。そこで、我々は次なる聖騎士の育成を目指しています。皆さんは国を救う人材になるのだ、という自覚をしっかり持って、この先の学園生活を有意義に過ごしてください」

話は終わったが、誰も声を出そうとしない。やはり、魔族とか聞くと緊張感が生まれる。俺もそうだ。ディアボロになってまだ一年ほどだが、自分の住む世界に危機が迫っているのは緊張する。シエルやマロンとはもっと仲良くしたいし、みんなの生活を守りたい。学園生活だって目一杯楽しみたい。

俺たちの強張った顔を見ると、アプリカード先生はフッと小さく笑った。

「とは言ったものの、あなたたちはまだ学生。大いに遊び大いに学んでください。さて、何か質問はありますか？」

その言葉で、教室の雰囲気は少しばかり和らいだ。案外、日本の中高生と変わらないな。そう思うと、俺も溶け込みやすいかも。学校生活なんてほとんど病院で過ごした。断罪フラグも気になるが、青春は青春で存分にやり直したい。

となると、やはり聞いておいた方がいいだろう。俺はそっと手を挙げた。

「あの……すみません。一つよろしいでしょうか」

「何でしょうか、ディアボロさん。歴代記録を更新する生徒からの質問なんて緊張しますね」

アプリカード先生は朗らかに笑う。基本的に、彼女はフレンドリーな設定だ。そのような背景もあり、主人公の案内役も兼ねる。貴族ばかりの環境には不慣れだからな。そう、商品版のチュートリアルキャラはアプリカード先生だったのだ。

俺は入学試験のときから気になっていた質問をする。

「王女様は入学されないんでしょうか？」

原作のメインヒロインでもある王女様がまだいない。これは由々しき事態だ。もしかしたら逆にいいのかもしれないけど、断罪フラグが野放しになっているようで少しも安心できない。当たり前だが、王女様は王族。簡単においそれと情報は入手できない。

でも、アプリカード先生なら教えてくれるだろう。なぜなら案内役だもんな～……と思っていたが、徐々に彼女の表情がきつくなってきた。……な、なんだ？

「ふむ……改心したという話でしたが、好色という噂だけは真実のようですね」

「え⁉」

「公爵家という立場を利用し、王女様の動向まで探るとは……よっぽどお気に入りと思います」

「ええ⁉」

「昨晩、ずいぶんと楽しんでいたことも知っていますよ。見回りしていたとき、あなたの楽しそうな声が聞こえてきました」

「えええ⁉」

アプリカード先生の目つきが恐ろしく冷たくなった。

――まずい、スイッチが入った！

学内の風紀を重視する彼女は、やがてヒロインを侍(はべ)らす主人公(フォルト)を目の敵にする。実は当の本人とも恋仲(こいなか)になる裏ルートがあるのだが、今はそんなことを考えている余裕(よゆう)はない。

アプリカード先生だけでなく、右からはとんでもない重力の圧が、左からは塵(ちり)になりそうな業火(ごうか)の圧が襲い掛かる。

「ディアボロ、王女様ってどういうことかしら……？」

「私も初めて聞きましたが……？」

フッ……選(よ)り取り見取(みど)りだぜ。決死の思いで弁明する。

「ち、違うんだ、誤解だよっ！　今晩も奉仕(ほうし)するから許してっ……！」

「……だったら、まぁ」

「しょうがないですね」

頬を赤らめ顔を逸らす二人。あぶねー。学園初日に死ぬところだったぜ。これでもう大丈夫。アプリカード先生を見ると般若のような顔つきだった。

「……ディアボロさん？」

「あ、いえ！　すみません、違うんです！　これは違うんですって！」

「仲良しで羨ましいです。婚約者同士とはいえ、学園では節度を保てるとなお良いですね」

全然大丈夫じゃなかった。アプリカード先生はピクピクと頬を引きつらせる。俺が弁明する間もなく、彼女は高らかに宣言した。

「ただいまより、最初の試験を行います！　本来なら明日でしたが、予定を繰り上げます！色ボケかますほど余裕がある方もいるようですからね！　皆さん、心してかかってください！」

あろうことか、翌日から行われるはずの試験が今日始まることになった。一斉に非難の視線が俺に突き刺さる。もう本当にやるせない心境だった。

――……すまん、みんな……シナリオ、ぶっ壊しちまった。

□□□

「ディアボロ、息を合わせて攻撃しましょう。私が動きを止めるから、その隙にディアボロが倒して」

「了解した」

俺とシエルは、木陰からモンスターの様子を窺いながら作戦を立てる。視線の向こう、およそ10m先に大きなオークがいた。深緑の身体は豊かな筋肉が盛り上がり、手に持った木の棍棒はずしりと重そうだ。攻撃手段は力いっぱい殴るだけだが、見た目通り結構強い。

こいつの脅威度ランクはE。レベルは10くらいだったかな。ゲームの序盤では、複数人での戦闘が推奨されるモンスターだ。キョロキョロと探るように辺りを見回している。シエルは静かに手をかざし、魔法を唱えた。

「《重力網》！」

オークの頭上に空気の網みたいな物体が現れ、上から覆い被る。かなりの圧力を受けているようで、オークの動きは封じられた。ジタバタと暴れるが少しも動けない。攻撃するなら今だ。すかさず、俺も闇魔法を発動させる。

「《闇の一閃》！」

手を振り払うように動かすと、黒い衝撃波が現れた。一直線にオークへ向かい、その首をはねる。亡骸から転がり出た魔石を拾い上げ、俺とシエルは互いの手の甲にある紋章にかざす。シュッという音をたて、魔石は半分ずつ吸い込まれた。

「うん、いい感じね。この調子なら上位に入賞できるかも」

「いやぁ、シエルとペアで本当によかったよ。シエルのおかげで効率的に討伐できているようなもんだ」

「二人っきりだからってそんなに口説かれても……まだ昼間よ」

「そうじゃないんだ」

ここは、学園から徒歩で数時間ほどの場所にある森――〝レストの森〟。今、俺たち一年生は試験の真っ最中だ。

簡単に言うと、二人一組でのポイント争奪戦。森に生息するモンスターを倒し、魔石を回収する度ポイントが加算される。最後はその累計で順位がつくのだ。魔石自体は魔法の補助や魔道具の製作、好事家のコレクションなどの用途があった。

「マロンさんはうまくやれているかしら。コルアルって聞いたことがない少女とペアだったけど」

「まぁ、大丈夫だろうよ。マロンなら誰でも平気さ。むしろ、暴走しない方が心配だけど」

「たしかに」

　一年生はペアが決まった後、アプリカード先生の魔法で森の各地に飛ばされた。俺はシエルと一緒。マロンのペアは、コルアルとかいう優秀な少女だ。原作にもいない要注意人物。まだ後ろ姿しか見ていないのでよくわからんが。

　たしか、フォルト君はデイジーとペアだったはず。なぜか組み合わせは原作と色々変わっているんだよな。本来なら、俺とデイジー、フォルトとシエルだった。う〜ん……まぁ、いいや。今は目の前の試験に集中だ。

「一度みんなのポイントを見てみようか」

「そうね。確認してみましょう」

　手の甲に魔力を込める。〝エイレーネ聖騎士学園〟の紋章が浮き上がり、他ペアのポイント推移が空中に現れた。タップすると、獲得した魔石のランクや討伐した魔物の名前など詳細がわかる。

　今のところ、俺とシエルが一位、マロンとコルアルが二位だった。フォルト君は下の方なので、だいぶ苦戦しているようだ。シエルが森の一角を指す。

「あっちにもモンスターがいるわ。ディアボロ、見てて。今度は私一人で倒してみるから」

「あっ、はい」

　アプリカード先生との一件があって以来、すっかり彼女の言いなりになってしまった。

シエルは両手を、向かいの木陰にいたコボルドに向ける。頭が凶暴な犬を思わせるモンスターで、人間から奪った短剣が武器だ。魔法は使えず、短剣を振り回すだけ。こいつはFランク。レベルはせいぜい5なので、学園入学したての生徒でも倒せる。

「《重力圧殺》」

コボルドの身体がひしゃげる。数秒も経たずに魔石が出た。

「おお……相変わらず、すごい威力の重力魔法だ」

「ディアボロへの愛の重さよ。……伝わるといいな。ディアボロに伝えたくて、いつもやり過ぎてしまうのだけど」

「だ、大丈夫。もう十分過ぎるほど伝わっているよ」

シエルの重力魔法は日に日にパワーアップしている。何でも、俺のことを想うと力が湧いてしまうらしい。非常に嬉しいし頼りがいがあるのだが、一歩間違えるとコボルドの行く末が俺の未来になりそうで怖い。

これからはもっとケアに力を入れようと決心したときだ。ドンッ！　という地響きとともに、遠方で火柱が上がった。

「うおっ！　な、なんだ!?　敵襲か!?」

「たぶんマロンさんよ。いつものようにハイテンションで火魔法を使っているんだと思う」

「あぁ……」

　風に乗って、彼女らの笑い声が聞こえる。

「あびゃぁあああー！　モンスターが燃えてるぅうー！　キレーイ！　ディアボロ様見てますかあああ！　マロンはここにいますよおお！　私の燃え盛る恋心おおお！　見えていますかぁああ！」

「ヒャーイ、ヒャイ、ヒャイ！　相変わらず、面白い女じゃー！」

　いやぁ、楽しそうで何より……あれ……？　あの笑い方はどこかで聞いたことがあるような……。記憶を探り出したとき、シエルが俺の服をぐいっと引っ張った。首が締まる。

「あっ！　今のでマロンさんたちが一位になったわ。すぐに次のモンスターを倒しましょう！　急がないと！」

「な、なんでそんなに急いでいるの？」

　なぜか、シエルはさっきからやたらと慌てている。一位を取るのはそりゃ嬉しいけど、そこまで急がなくてもいいんじゃないかな。疑問に思う俺に対し、シエルは高らかに叫ぶ。

「この試験で勝った方が、今晩ディアボロを独り占めできるのよ！」

「え」

「だから、どんな手を使ってでも勝たないと！」

衝撃の展開。俺の知らないところでそんな……。今日だって寝不足気味なのに。二連チャンいけるか？　とやや焦りながら足を踏み出したとき、森の中から女性の悲鳴と男性の怒鳴り声が聞こえてきた。

「ま、待ってよ！　置いて行かないで！　足を怪我して動けないの！」

「知るか！　地味な君がモンスターを引き寄せたんだろ！　自分でなんとかしたらどうだ！」

デイジーとフォルトの声だ。シエルも気づいたらしく、表情が一段と引き締まる。

「ディアボロ、あの声はデイジーさんじゃないの⁉」

「ああ、急ぐぞっ！」

声がした方向に駆けだす。木々を抜けると、ぽっかりした広場のような空間に出た。地面にはデイジーが力なく横たわり、全長４ｍほどの不気味なモンスターが迫っていた。

人とライオンが混ざったような顔に、獅子の身体を模した胴体と手足。さらには蠍の尻尾を生やし、蝙蝠を思わせる翼を広げていた。隣から、シエルの息を呑む音が聞こえる。

「ディアボロ、大変よっ」

「ああ、まずいな……Ｂランクのマンティコアだ」

「この森にはあんなに強いモンスターもいるなんて」

ここで現れるマンティコアのレベルは50近い。俊敏性も高く、この試験では逃げる一択の敵だった。基本的に〝レストの森〟は初心者向けのモンスターばかりだが、稀に低確率で強いヤツも出てくるのだ。

デイジーは足をくじいたのか、立とうとしても立てないらしい。彼女は恐怖が染み付いた表情で、今にも襲われそうな瞬間だ。フォルトはというと、離れたところで震えている。俺たちを見つけたら大声で叫んだ。

「ちょうどいいところに来たな、ディアボロ！　あとは君がどうにかしろ！　僕様は逃げさせてもらう！　自分の命が一番大事だからな！」

あろうことか、フォルト君はデイジーを見捨てて一目散に逃げ出した。おいおいおい、マジかよ。君は主人公なんだぞ。怖くても立ち向かわないとダメだろうが。この〝レストの森〟の試験だって、フォルトの性格を変える大事なイベントでもあるのだ。

『グルァッ！』

「きゃあああっ！」

マンティコアが力いっぱい爪を振り下ろし、デイジーが悲鳴を上げる。彼女を傷つけさせてたまるか！

「《闇の刺突》！」

『ウアアア！』

俺の両手を突き出すと、黒い波動がマンティコアに向かう。身体に当たると、その全身を針のように内側から貫いた。まるで、ハリネズミになったみたい。痛そ。すごいと褒めてくれるシエルと一緒に魔石を回収し、デイジーの下へ駆け寄る。

「おい、大丈夫か。危ないところだったな」

「怖かったでしょう。怪我はない？」

「あ、ありがとう……本当に助かった……痛っ！」

肩を貸して立たそうとしたが、デイジーはガクッと膝をついてしまう。……あれ？　この光景はどこかで見たような……そうだ。

――これはまさしく、ディアボロの断罪フラグじゃないか。

原作なら、デイジーを見捨てたのは俺だ。そして、彼女の怪我をフォルトが治し、二人の仲は進展する。となると、今すぐこのフラグは叩き折らなければ…………死ぬぞ、俺が。

意を決してデイジーに言う。

「デイジー、君の怪我は俺が治すよ。ジッとしてて」

「え……？　い、いや、大丈夫だよ。こんなのポーションをかければ治るだろうし……」

「いいから！　治したいんだ！　俺が絶対に治す！　（フォルト君に治されたら俺が死ぬ

んだあああ）……《闇の癒し》！」

　黒い光がデイジーの膝を包むと、少しずつ彼女の表情が和らいできた。

「なんか……とってもあったかい……安心する……」

「そうか、良かったよ」

　いいぞ、いい感じだ。傷が治っているし、今回は例のアレだってなさそうじゃないか。

だがしかし。安心した瞬間、彼女の頬が徐々に上気してきた。あ、あれ？　まさか、この流れは！

「んっ……っ！　あぁっ～！　ダメェ～ッ！」

　デイジーは両腕で上半身を抱え、激しく身をくねらす。ゆったりした服で隠れた凹凸が主張された。ほ、ほぅ……デイジーは着痩せするタイプなんだな。

　そう思ったとき……聞こえた。シエルの凍てついた声が。

「……ディアボロ？」

「違う、違う、違う！　違うんだ！　これは違うんですって！」

「どうやら、私の愛の重さは伝わってなかったようね……身体に教え込まないと……」

「伝わってます！　全身が軋むくらい伝わってます！　だから、目に光を戻してえええ！」

　シエルの大変に厳しい視線に貫かれつつも、どうにかデイジーのフラグを折ることができた。

「……じゃあ、フォルトはずっとあなたを見下していたのね」

「う、うん……まぁ、私が地味なのがいけないんだけど」

　デイジーはしょんぼりと下を向く。だいぶ、フォルトに痛めつけられたようだ。俯く彼女を、シエルが慰める。

「そんなわけないじゃない。あなたは何も悪くないわ」

「ありがとう、シエルさん……」

　無事、マンティコアを倒した後、俺たちはデイジーから事の経緯を聞いた（シエルの超奉仕を受けることを約束し、どうにか機嫌を治してくれた。もつかな……）。

　デイジーはフォルトと組んだものの、地味だとか僕様の隣にはふさわしくないだとか、暴言をずっと言われていたらしい。聞けば聞くほど胸糞悪い話だ。原作ゲームでも、ここまで性悪ではなかったはずだぞ。静かに話を聞いていたシエルが言う。

「ねえ、ディアボロ。デイジーさんも一緒のチームに入れてあげましょうよ。一人でこの森を切り抜けるのは大変だわ」

「ああ、そうだなぁ……。でも、三人で組んでもいいのだろうか。ルール違反とかになるとデイジーにも悪いし」

「たしかに、そうねぇ……」

「ペアが逃げたときの対応とか聞いてないよな」

「どうしたもんかな、と考えていたら、デイジーが申し訳なさそうにポツリと話した。

「ごめん、私のせいでディアボロ君たちにまで迷惑(めいわく)をかけちゃって……」

「いや、全然大丈夫。気にするな」

デイジーに答えたところで、大変な事実に気づいた。

——もしかして、俺は今断罪フラグの真(ま)っ只中(ただなか)なんじゃないのか？

そうだよ。この試験はモンスターと戦う。つまり、各ヒロインが怪我をするリスクが常にある。おまけに、フォルト君が治してしまう可能性も十二分にある。俺にはわかる。もしそうなったら、何だかんだディアボロのせいにされると……そして、断罪……。

「……うぎゃあああ！」

「ど、どうしたの、ディアボロ（君）⁉」

俺はなにのんびり楽しんでんだ。そんな場合じゃないだろ。命の危機にあるんだぞ。シエルの手を固く握(にぎ)る。

「頼(たの)む、シエル！」

「な、なに、こんなところで……森の中だし、デイジーもいるのよ」

「そうじゃなくて！　重力魔法のコツを教えてくれ！」

この危機的状況（じょうきょう）を打破するには、シエルの魔法が必要だ。

「重力魔法のコツ？　そんなの簡単よ。わかりやすく教えてあげるわ」

「ありがとう、シエル！　君は命の恩人だ！」

さすがディアボロの婚約者、シエル・ディープウインドゥ伯爵令嬢（はくしゃくれいじょう）。素晴（すば）らしい才女だ。

「グガァーッと全身に魔力を込めて、ゴゴゴゴゴーッと溜（た）めたら、ハッ！　と放出するの」

「ふむ……」

なるほど、わからん。シエルは感覚派のようだ。ゲームを遊ぶだけじゃわからなかったこと。新しい一面が知れて良かったね……って喜んでいる場合かーい。

俺にできるのか不明だが、やるしかない。今この瞬間にも怪我をしている生徒がいるかと思うと、もう気が気じゃなかった。

「グガァーッ！　ゴゴゴゴゴーッ！　ハッ！　《闇の反重力（ダークネス・アンチグラビティ）》！」

俺の身体が少しずつ地面から浮き上がる。やった！　できた！

「う、嘘（うそ）！　あのテキトーな説明で本当にできるなんて！」

「ディアボロ君って天才だったの⁉」

シエルとデイジーの声が遠くに聞こえるほど、高く空中に浮かんだ。この高さまで上がると、森全体が見渡せるな。

「よし、次はモンスターだ。グガァーッ！　ゴゴゴゴーッ！　ハッ！」

さらに森全体に魔力を張り巡（めぐ）らせると、モンスターが空中に浮かび上がった。オークにトロール、ゴブリン、コボルド、ファイヤーリザード、ホーンウルフ……。森の中には大量に隠れていやがった。こいつら全員、破滅（はめつ）フラグの種に見える。

となれば、やることは一つだ。

「《闇・葬送（ダークネス・フュネラル）》！」

『ゴアアアア！』

両手を固く握りしめた瞬間、全てのモンスターが潰（つぶ）される。森に木霊（こだま）する断末魔（だんまつま）の叫び。思ったよりグロイ光景に、ちょっと罪悪感が滲（にじ）んだ。いや、すまん……俺も命がかかっているんだ。ボトボトと魔石が落ちるや否（いな）や、即座（そくざ）にシエルが魔法を発動する。

「《吸重力（グラビティ・アブソーブ）》！」

魔石がシエルの手に、吸い込まれるように集まる。何はともあれ、これで大量ポイントゲットとなった。いやぁ、抜け目（め）がない。きっと、あれも高度な重力魔法なのだろう。

闇魔法を解除して地面に降り立つと、シエルが激しく驚（おどろ）いていた。

「ディアボロ、今のはなに？　あんな複雑な魔法、私もまだ使えないわよ」

「ちょっと教えてもらっただけでできるなんて。ディアボロ君って本当に天才なんだね」

興奮した様子のデイジーの顔からは、ピロンッ！　とハートが零(こぼ)れる。彼女の好感度も上がってくれた。断罪フラグが遠のいていくようで何よりだな。

「まぁ、たまたまうまくできただけだよ」

謙遜(けんそん)するものの、二人ともしきりに感嘆(かんたん)とした。シエルはさっそく順位を確認する。

「よし……ぶっちぎりで一位だわ。これでディアボロは独り占めね」

「う、うん」

また明日、アプリカード先生に怒(おこ)られるのだろうか。防音シートみたいなの買おうかな。

〔〝レストの森〟のモンスターが全滅(ぜんめつ)しました。よって、試験を臨時終了(しゅうりょう)とします。三十秒後、学園に転送されるのでそのまま動かないように〕

手の紋章からアナウンスが聞こえる。すぐに時間は過ぎ、俺たちは学園へと帰還(きかん)した。

□□□

「……本日の試験結果を発表します。一位はディアボロ・シエル、ペア！」

教室に戻ったら、すぐ試験の総括が始まった。最後のモンスター全討伐が効いたのか、ぶっっっちぎりで俺とシエルが一位だ。マロンは悔しそうな顔だった。その隣にはコルアルという少女がいるのだが、俺が見ると速攻で顔を逸らすんだよな。やっぱり、ディアボロの悪評はまだ健在ってことか。

アプリカード先生は俺たちを褒めてくれる。

「ディアボロさん、シエルさん、おめでとうございます。これほどの好成績……しかも、森のモンスターを全滅させるなんて学園史上初です。それも時間内に……これは素晴らしい結果です」

「「ありがとうございます」」

「特にディアボロさん。正直、あなたには驚きを隠せません。あれほどの広範囲で強力な魔法……すでに学園トップクラスです。そして、昼間もきちんと活動するのですね。てっきり夜行性かと思いました」

褒めつつも、アプリカード先生の顔はやや引きつっていた。ふしだらな生徒のくせに成績良好だからだろう。いや、ほんとすみません。

結果発表が終わると、クラスの生徒たちがこそこそ話す声が聞こえた。

「暴虐令息が一位か……ポイント取り過ぎだろうが」

「あの人のせいで私たちの獲物がいなくなったんですよね」

「でも、魔法自体はすごかったよな。そう考えると妥当の結果か……」

しかも、一位をとったせいでまたもや悪目立ちしてしまった。クラスメイトとも、この先関わることがあるのかな……いや、あるだろうな。原作でも登場するキャラが何人もいるし。なるべくなら好感度を上げていきたいところだ。

総括の最後、アプリカード先生からフォルトに厳しい声が飛んだ。

「フォルトさん。仲間を見捨てるとは何事ですか。自分のことだけ考えてはいけませんよ」

「だから、僕様は特別なんです。聖属性持ちは、この学園でも数人しかいないんでしょう？　僕様が一番価値の高い人間なのです。自分の身を一番に考えるのは当然です」

フォルト君はデイジーを見捨てたことを咎められては、アプリカード先生に反抗していた。これもまた原作ではディアボロの役回りだ。ディアボロ街道を邁進している気がするんだが、大丈夫だろうか。

結局、フォルト君は一人、追加補修を受けることになった。その後は全体の総括をして、一日の授業は終わり。解散し寮への帰路に就く。シエルはとびきりのほくほく顔だった。

「マロンさん、今日の夜は別室で寝てもらいましょうか」

「ぐぎぎ……途中まで勝ってたのに……」

「さあ、ディアボロ。先にお風呂入りましょう。一緒に」

「あ、はい」

ということで、その日の晩はシエルに独り占めされるのであった。

【間章：助けてくれたのは……（Side：デイジー）】

　私の家は一応貴族だけど、あまり裕福ではない。男爵家なんて下級の貴族は、ほとんど平民と変わりないのだ。〝エイレーネ聖騎士学園〟の学費は高い。でも、お父さんとお母さんは頑張って通わせてくれた。だから、少しでもこの学園で良い成績を残したい。立派な成績を収め、将来は国の役に立つ人間になる。そう思っていたのに……さっそくミスをしてしまった。友達も作れず、せっかく組んだペアの男の子とも仲良くなれない。元々気弱な性格が原因なんだろうと思うけど、どうしても改善できなかった。

　最初の試験は時間内のポイント争奪戦。弱いモンスターを頑張って倒していたけど、全然ポイントが入らなかった。やっぱり周りは優秀な人が多いみたいで、どんどん差は広がる。フォルト君にも怒られてばかり。焦りや暗い気持ちで心がいっぱいだったせいか、マンティコアがすぐ後ろに迫っていることに気づかなかった。殴り飛ばされ、足を捻ってしまった。立てない。じりじりと近寄るマンティコア。もうダメだ……と思ったとき、ディアボロ君とシエルさんが現れた。

その瞬間、フォルト君は私を見捨てて逃げてしまった。彼の行動は鋭いナイフのように、私の心に深く突き刺さる。やはり、私は足手まといだったんだと。マンティコアが爪を振りあげたとき、私は死を覚悟した。こんなに役立たずな人間は死んだ方がいいんじゃないかな……とも思った。でも、すぐにディアボロ君が助けてくれた。たった一撃で倒して。一年生であんな魔法が使えるなんて、ディアボロ君はすごい人だ。

実は、彼のことが正直とても怖かった。暴虐令息という噂が広がっていたから。だけど、噂なんて所詮は噂だとわかった。彼は強いだけじゃなくて、優しい心も持っているのだ。

「いいから！　治したいんだ！　俺が絶対に治す！　……《闇の癒し》！」

ディアボロ君は叫ぶように言うと、私の怪我を治してくれた。温かい手で包まれているような心地よさ……。闇属性で回復魔法が使えるという信じられない噂が広がっていたけど、真実だったんだね。こっちの噂は本当だった。なんだか、私の目標が定まった感じ。この学園に入って本当によかったと思う。目指す人が見つけられたんだ。

――私はディアボロ君に心も体も救われた。

この恩は絶対に返さないと……。まずは、私もディアボロ君みたいに強くなりたいな。他人を助けられるくらい、強い人に……。

【間章：女子会 by 教員ズ】

「アプリカード、ディアボロはどうだ？　ちゃんとやっているのか？　あいつのせいで試験の予定が繰り上がったそうじゃないか」

　ディアボロがシエルの責めを受けているとき。学園寮の近くにあるテラスで、数人の教員が茶を嗜（たしな）んでいた。

「まぁ、授業への態度は真面目です。実力も申し分なし。入学試験の結果は、まぐれではなく実力だったことが実証されつつあります。色ボケ具合は見過ごせませんがね」

　アプリカードは紅茶を啜（すす）りながら、レオパルの問いに答える。

「初日から盛るとは良い度胸をしているじゃないか。他の生徒は緊張でそれどころじゃないぞ。ディアボロは強心臓の持ち主だな」

「私はただのマセガキだと思いますけどね」

　彼女らの話を聞き、また別の教員がぼそぼそと話し出した。

「元来……英雄（えいゆう）だったり……名を馳（は）せる戦士は……好色である傾向（けいこう）が……あります……」

サチリーは大量のチョコレートクッキーを頬張(ほおば)りながら持論を展開する。常に頭を働かせている彼女にとって、糖分を摂(と)りすぎることはなかった。サチリーの持論に、アプリカードは顔をしかめる。

「いいえ、ディアボロさんは英雄などではなく、単なる色ボケマセガキ好色野郎(やろう)ですよ」

「まぁ、そんなに躍起(やっき)になるな。今は新しい環境が楽しいんだよ。そのうち落ち着くさ」

アプリカード、レオパル、そしてサチリー……。彼女らは交友と情報交換(こうかん)を兼ねて、定期的に茶会を催(もよお)していた。話題はもっぱら学園の生徒について。

特に、ディアボロは彼女らの話題の中心だった。それほど衝撃的(しょうげきてき)な一年生だったのだ。

「あっ……！　ダメダメダメ……！　やっ……ん！　もぅダメ……あぁあ～！」

風に乗って、ディアボロの嬌声(きょうせい)がわずかに聞こえる。レオパルは笑いを噛(か)み殺していたが、アプリカードは表情が険しくなる。サチリーは大して興味がないようで、本を読みながら黙々(もくもく)とクッキーを齧(かじ)っていた。

「暴虐令息じゃなくなっても、色ボケ令息になったらしょうがないでしょう。ヴィスコンティ家の跡取(あとと)り息子(むすこ)という自覚があるんでしょうか」

「言い換(か)えれば、それほど他人から信頼(しんらい)されているということだと思うが」

レオパルは普段(ふだん)から厳しいものの、下手に生徒へ干渉(かんしょう)することはなかった。

「〝エイレーネ聖騎士学園〟は素晴らしい学校ですが、婚約者同士は学生の時から仲良く……という校風だけには賛同できません」

「まったく、風紀に厳しいのは相変わらずだな。しかし……」

不意に、レオパルは言葉を止めた。静かに笑っていた彼女が真剣な表情になったのを見て、アプリカードとサチリーも手を止めて注目した。

「あんな怪物が入学した以上、私たちも現を抜かしてはいられないな。より一層、精進に励まなければ」

「同感です」

「お二人の……意見に……賛成……します……」

――ディアボロ・ヴィスコンティ。

入学試験の会議では好き勝手評価を下したが、教員たちはその強さに焦燥感と危機感を覚えていた。下手したら、すでに我々より強いかもしれない。闇属性で回復魔法を使ったこともそうだが、基礎の力がずば抜けている。

その事実は、〝エイレーネ聖騎士学園〟の教員全てに火をつけた。レオパルは真剣な瞳で告げる。

「アプリカード。明日の授業後、修行に付き合ってくれないか？　一から鍛え直したい」

「ええ、もちろんです。私も修行させてください。このままじゃ、あっという間に追いつかれてしまいます」

「私も……闇属性について……もう一度文献を……洗い直します……。ディアボロ君のおかげで……自分の勉強不足に……気づかされました……」

三人は茶もそこそこに、胸の中で誓いを立てて帰路に就く。ディアボロという才能あふれる素晴らしい生徒が入学した。彼の全力に応えられるよう、自分たちもさらに成長すると。

【第六章：大事な目標】

「いやぁ、清々しい朝ねぇ。まるで新しい一日を祝福してくれているみたい。ディアボロもそう思うでしょ」

「う、うん、そうだね……」

シエルは軽やかに言うが、あいにくと俺にそんな元気がない。そんな俺たちを見て、傍らのマロンは悔しそうに言った。

「本当なら私が独り占めしていたのに……ぐぎぎ……」

翌朝の教室。我が婚約者殿はツヤツヤと顔が輝いているが、俺は座るのも辛い。筋肉痛で。昨晩はさすがに大変だったな……。まぁ、二対一より幾分か負担は少なかったかもしれない。

「シエル様、今晩は私もご一緒してよろしいですよね？　一日もお預けされるなんて、心が燃え盛っています」

「う～ん、そうねぇ……ダメ！」

ダメと言われ、マロンは驚愕する。理知的なシエルのことだ。きっと、俺の体力を考えてくれたんだろう。と思いきや、シエルは笑顔で告げた。

「なんて、嘘。今日からまた一緒に楽しみましょう」

「やった～！　ありがとうございます、シエル様！　ディアボロ様、今夜は覚悟してくださいね！　昨日の分もありますから！」

「お、おう、頑張るよ……」

内心恐怖した俺に対して、マロンは両手を上げて大喜びだ。

――……大丈夫かな、俺。

このままじゃスケルトンになりそう。アプリカード先生に怒られそうな話をしていると、グイッと誰かに肩を引かれた。

「おい、ディアボロ。ちょっと面貸せや」

「え……？」

振り返ると、強面男が俺を睨んでいた。金髪はサッパリと短くし、赤い瞳の目は焚き火のように煌めく。２m手前ほどの大柄な身体は、格闘技でもやっているかのように筋肉質で力強い。こいつはたしか……。

　──バッド・スクレイ。

　由緒正しき侯爵家の令息だ。スクレイ家は魔術より剣術や体術を重視する風潮が根強いらしく、レオパル先生みたく魔法で身体を強化して戦う戦士が多かった。出身者もそのほとんどが王国騎士団のお偉方。原作ではヒロインと一緒にいる主人公にやたらと難癖をつけては絡んでくる。結局、いつも追い返されるのだがな。

　好感度が上がると絡んでくる理由が明らかになるらしいが、俺は最後までわからなかった。かませ犬的なポジションだったのか？

　バッドは俺の肩を掴んだまま硬い表情で言う。

「お前に聞きたいことがある。外に出ろ」

「ええ……」

「早く来い」

　なんだよ、このクソ疲れているときに。テンション低くトボトボと廊下に出る。バッドは静かに扉を閉めると、突然俺の両肩を掴んできた。大変に力強いので、ミシミシ……と骨が軋む。

「いったっ……！　な、なんだよ、いきなり」

「どうやったらあんなにモテるんだ！」

「はぁ!?」

　意味不明のセリフを叫ばれ、思わず面食らった。何を言い出すかと思ったら……。

「頼む！　俺にもモテる秘訣を教えくれ！　シエルにマロン！　どっちも最高レベルの美女じゃないか！　お前は暴虐令息だろ!?　どうしてあんなに親密なんだ！」

　すごい勢いにまごつきながら答える。

「そ、それはだな……俺は改心して二人の病気と怪我を……」

「婚約者がいるのにメイドとも同棲するなんて！　羨ましいんだよ、ちくしょー！」

　人の話を聞け。

「そうは言ってもな。こっちはこっちで大変なんだぞ」

「それが羨ましいって言ってんだよ！　うおおおお！　俺も婚約してぇー！」

　バッドは拳を握りしめ、力強く叫ぶ。何なんだ、こいつは。こんなに直情的なキャラだっけ？　……ちょっと待て。もしかして、原作でやたらと絡んできた理由って……。

「モテたいからかよ！」

「だからそう言ってるだろうが！」

「フフ……朝から楽しそうな話題で盛り上がっていますね。元気で大変よろしいことです。学内の風紀を乱さなければ、ですが」

絶対零度の声が聞こえる。振り返るといた。アプリカード先生が。ニコニコと大変美しく笑っていらっしゃる。俺は背筋が凍ったが、バッドは真正面から反抗した。

「先生、すまん。今は男同士の大切な話をしているんだ。邪魔しないでもらおうか」

さすがはスクレイ侯爵家の令息。原作通りの強気ぶりだ。

「そうでしたね。では、退学にしましょうか。この書類にサインしなさい」

「申し訳ありませんでした。教室に入ります。先生の荷物持ちます」

バッドはそそくさとアプリカード先生の荷物を持ち、教室のドアを開ける。さっきまでの強気はどこにいったんだ。俺も教室に入り席につくと、隣のシエルに話しかけられた。

「どうしたの、ディアボロ。なんだか騒がしかったけど。喧嘩だったらどうしようかしら。ディアボロの敵は私の敵だし」

シエルに賛同するようにマロンも言う。

「もしあれだったら私が代わりに燃やしますが」

「い、いや、違うよ！　喧嘩とかじゃないから大丈夫……！」

必死になって否定する。あいつの命が危ない。バッドは前の方の席に座ったと思いきや、さりげなくこちらを振り返った。グッドサインまで送ってくる。こ、今度はなんだ？

（後でモテる秘訣を教えてくれよな！）

やかましいわ！

「……ディアボロさん？」

すかさず飛んでくるアプリカード先生の怖い声。もう勘弁してくれ。

「す、すみません！　集中します！　もう大丈夫です！」

「まったく色ボケしないでくださいね。……ごほんっ！　今日は授業を始める前に大事な話があります。みなさんは、〝オートイコール魔法学園〟……という名前を聞いたことはありますね？」

アプリカード先生が咳払いをして話すと、教室は小さなざわめきで包まれた。

――〝オートイコール魔法学園〟。

王国の北方にある貴族学園だ。〝エイレーネ聖騎士学園〟と同レベルの学校だ。生徒も教員も我が校と遜色ない実力という設定だった。

「来月の末、伝統の親善試合が行われます。この先の二ヶ月間の評価が、選抜メンバーを選ぶ基準になります」

そのまま、アプリカード先生は選抜の詳細について説明する。日々の授業態度の他、筆記試験や実技試験が評価になるとのこと。概ね原作通りだな。説明を聞きながら、シエルが真剣な顔で言う。

「〝オートイコール魔法学園〟と戦うなんて、こういうときしかできないでしょうね」

「どうなさいますか、ディアボロ様？」

「もちろん、死ぬ気で選抜メンバーを目指すよ。死んでも選ばれる」

この親善試合は原作の序盤における、極めて重要なイベントだ。

というのは、〝オートイコール魔法学園〟にもメインヒロインがいるのだ。彼女もまた心身に不調を抱えている。過去、ディアボロにいじめられたせいでな。今も癒されるのを待っている。もしフォルト君が先に治してしまっては、俺の断罪ルートが復活してしまう。

「ディアボロが死ぬ気でやるんなら、私たちもそれくらいの気概で挑まないとね」

「ええ、そうです。ディアボロ様を目指すと決めたときから、どんな努力も惜しまないつもりでいます」

両隣からゴゴゴ……という音が聞こえたので、何かと思ったらシエルとマロンだった。

なぜか、二人とも大変やる気に満ちあふれている。そして、少し離れた席からもやる気のオーラが……。デイジーとバッドだった。

そんな俺たちに、アプリカード先生はひときわ険しい声で話す。

「前期最後の山場です。この二ヶ月間、今まで以上に気を引き締めて取り組むように」

あの～、俺の方を見ながら言わないでもらえますかね？

さて、このイベントには俺の命がかかっている。何が何でも選抜メンバーに選ばれてやるぞ。

【間章：僕が一番特別なはずだったのに（Side：フォルト）】

「あんなヤツがいるなんて聞いてないぞ！」

僕は学園の庭を歩きながら、ある男への不満を募らせていた。

――ディアボロ・ヴィスコンティ。

あのボンボンさえいなければ、僕が一番特別扱いされるはずだったのに。そう思うと、豪華な寮で休む気にもならなかった。

僕は東の交易都市の近くにある、ベレジア村の出身だ。孤児として、村の片隅で貧乏な暮らしをしていた。同時にいつも思うことがあった。

――僕は〝特別な人間〟なんだ。

物心ついたときから、常にその自覚は持っていた。自分は平凡な人間ではない。いずれ何者かになれる資格がある存在……。僕は周りの人間とは違う。選ばれた存在だ。早く村を出たい。そのような決心をさらに強くする足掛かりがあった。五大聖騎士の伝説だ。ベレジア村のような辺境にも、英雄たちの伝承は伝わっていた。

――魔族の侵略から国を救った五人の聖騎士。

いつか僕も彼らのような社会的地位が高い人間になり、貧乏暮らしからおさらばする。それだけが生きがいだった。大人になってまで、毎日貧相なパンやスープを食べるような生活は送りたくない。

そんなある日、人生を変える出来事が起きた。僕は聖属性の魔力を持つことがわかったのだ。〝エイレーネ聖騎士学園〟の教員がたまたま村を訪れており、判定してもらった。どうやら、近隣に出現したモンスターを討伐しに来たらしい。何という幸運だ。やはり、僕は普通の人間ではなかったのだ。思っていたことが証明され、大変に気持ちよかった。

(君なら〝エイレーネ聖騎士学園〟の特待生枠も狙えるだろう。ぜひ、来年の入学試験を受けなさい)

教員はそう告げた。〝エイレーネ聖騎士学園〟でも、数えるほどしかいないらしい。やはり、僕は〝特別な人間〟だった。無事入学はしたものの、模擬試験では大恥をかいた。

国内の大貴族、ヴィスコンティ公爵家の令息――ディアボロ。あいつのせいで、僕の華麗なる学園デビューが台無しになった。なんだよ、あの動きは。少しも反応できなかった。それどころか、僕の麗しい顔に傷がついたらどうする。きっと、金に物を言わせてズルをしたのだ。ずるいじゃないか。どうせ努力らしい努力をしたことがないのだろう。

ディアボロと言えば、教員にも腹が立つ。僕たちの試験を担当したレオパルだ。貴族を優遇しやがって。引き締まった肉体と麗しい顔に免じて許してやる。僕が気絶しなければ身体で謝らせていたところだ。歩き疲れたので、ベンチに座り少し休む。

「チッ……どいつもこいつも……これが国内最高峰の学園なのか？」

辺りには誰もいない。広がるは静かな庭園だけ。……僕の偉大な魔法を試してみるか。

「この世に満ちる聖なる存在よ。我に魔力を貸し与え、あらゆる苦難を打ち消したまえ……《聖なる癒し》！」

両手から白い光がぼんやりと現れる。怪我や病気を治す光だ。聖属性は回復魔法の習得がメイン……。あまりにもしょぼくてやる気が出ない。

「クソッ、回復なんて意味ねぇだろうが。もっと強い攻撃魔法を使わせろよ」

「だいぶご乱心のようですね」

不意に、真後ろから女性の声が聞こえた。心臓が跳ね上がり、鼓動が強く脈打つ。やけに冷たく、身体を刺すような声音だ。慌てて振り返ると、謎の……美女がいる。腰まで伸びた青い髪に赤い瞳。身長は僕と同じか少し低いくらいだ。

教員の可能性があるので、念のため敬語で話すか。

「あ、あなたは誰ですか？」

「もちろん、ここの教員ですよ。私はフェイクル。三年生の魔法理論を指導しています」

やはり教員だったか。三年生担当というから、僕と関わるのはだいぶ先になる。だが、好感度を上げておいて損はない。凛とした雰囲気があり、かなりの美人だしな。

「あなたのウワサは入学試験のときから聞いていますよ、フォルト君。数年ぶりの聖属性の持ち主だとか。あなたのような希少な人間は、学園にとっても国にとっても大変貴重な財産です」

「あ、ありがとうございます！」

このフェイクルという女教員は素晴らしく優秀だ。僕の価値をきちんと把握している。

「何か悩みでもあるようですね。初めての寮生活が不安ですか？」

「え、ええ……実は……」

話してよいものか、少し心配になった。僕の評価が下がるんじゃないだろうか。

「フォルト君のような優秀な生徒の悩みは、私たち教員の悩みです。ぜひ、聞かせてもらえませんか？」

そう言われた瞬間、そんな心配は吹き飛んだ。

「聖属性では攻撃魔法が使えないことが悩みなんです。回復魔法しか使えないのはちょっと……」

「なるほど、たしかにそれは深刻な悩みですね。どうしましょうか……」

フェイクルはジッと考える。真剣な表情もまた美しく、思わず見とれてしまった。自然と目線が下の方に……。

「一つ、良い解決方法があります」

「あ、はい」

フェイクルの声が聞こえ、ふと視線が戻った。

「これは〈逆転の実〉といって、習得できる魔法の系統を逆にできます。これを食べれば、攻撃魔法から先に習得できます」

「……〈逆転の実〉？」

フェイクルは僕に赤い木の実を渡した。一見するとサクランボのような形だ。ベレジア村でも見たことがない。珍しい木の実と思われる。

「入手が極めて難しいアイテムですが、特別にフォルト君のために差し上げましょう。聖属性持ちの生徒は貴重ですから」

「どうすればいいんですか⁉」

入手が極めて珍しい……特別に……貴重……。僕にふさわしい言葉のオンパレードだ。

「そのまま食べるだけでいいです」

「そんな簡単なんですね！」

何の躊躇もなく、〈逆転の実〉を口に入れた。味はまぁ……それなりといったところか。

やや酸っぱいのが不快だったが、食べられないほどじゃない。

「聖属性の一番簡単な攻撃魔法は、《聖弾》です。あそこの木に向かって唱えてください。呪文は……」

フェイクルから呪文を教わる。希少な聖属性に、やけに詳しかった。さすがは〝エイレーネ聖騎士学園〟の教員だ。

「さあ、どうぞやってみてください。魔法は何度も使ううち、詠唱も省略できますよ」

「よ、よし……聖なる存在、聖なる精霊たちよ。我にその偉大な力を与えよ……《聖弾》！」

白い光の球が一直線に飛んでいき、木に直撃すると大きく幹を抉った。倒れるほどの威力はないが、十分に強力だ。

――悪くないじゃないか！

喜びとともに振り返るが誰もいない。すでにフェイクルは消えていた。

その後、回復魔法を試しに使ってみたが発動できなかった。まぁ、そんなことはどうでもいい。あの憎い傲慢貴族に復讐できると思うと、気持ちが昂った。

――今に見ていろ、ディアボロ。僕の特別な聖なる攻撃魔法を食らえ。僕から輝かしい学園デビューを奪(うば)った罪は大きいぞ。

「くらえ！　《闇矢の嵐(ダークネス・アローストーム)》！」

「《業火の舞(インフェルノ・ダンシング)》！　……あびゃあああ！　モンスターの焼ける臭(にお)いしゅきいいいい！」

『『グアアアア！』』

　数体のグレムリンは俺の放った黒い矢で貫(つらぬ)かれ、マロンの豪炎(ごうえん)で焼かれる。狭(せま)い回廊(かいろう)に肉の焦(こ)げた臭いが充満(じゅうまん)するが、彼女はいたく喜んでいた。なんでも、モンスターを殺した実感が湧(わ)いて嬉(うれ)しいらしい。

〔三体のグレムリンを撃破(げきは)。ディアボロ・マロンチームに、合計６００ポイント加算されます〕

　手の甲(こう)にある紋章(もんしょう)からは声が聞こえる。いいぞ、順調にポイントを稼(かせ)げていた。

「ディアボロ様、私から離れないでください。絶対に置いて行かないでください」

「大丈夫だよ。そんなことするわけないじゃないか。だから、もう少し離れてもらえるとありがたいんだけど。シエルに見つかったら夜がどうなることか」

「より激しくなりそうですね、ふふっ」

俺とマロンは今、狭い通路を歩いている。ジメジメとしており、薄暗く、床や壁はひび割れた石作り。学校の廊下ではない。

ここは全部で五層のダンジョンの一つである。ダンジョン――〝死者の石窟〟だ。〝エイレーネ聖騎士学園〟が管理するダンジョンである。なぜ、俺たちがそんなところにいるかというと、学園の授業が関係しているのだ。いつもよりルンルンと楽しそうなマロンに尋ねる。

「なんだか機嫌がいいな。どうしたんだ？」

「気持ちが昂ってしまうのもしょうがありません。なぜなら……ディアボロ様が守ってくださったのですから」

マロンはウキウキした様子で答える。彼女の機嫌が良いのもまた、学園での出来事が関係していた。

「じゃあ、少し早いけどそろそろ教室に行くか」

「そうね、遅刻したら怒られてしまうわ」

学園に入学してから、俺たちは早めの登校を心掛けていた。寮と学校は近いものの、遅刻は避けたい。もちろん断罪フラグを回避するため、なるべく高評価を得たいという俺の思惑もあった。

俺とシエルは揃って部屋を出るが、マロンがいない。部屋の奥に向かって呼びかけると、パタパタと走ってきた。

「すみません、遅くなりました」

「別に構わないが……その荷物はどうしたんだ？」

マロンは自分の鞄だけではなく、他にもいくつかの鞄を持っていた。今日の授業は着替えなど必要ないはずだが……。

「こ、これは……何でもありません」

もじもじと気まずそうに答える。……ん？　マロンの様子がおかしいな。ずっと一緒に過ごしているからか、少しの異変でもすぐわかった。彼女は……何かに困っている。

「何でもないってことはないだろう。困っていることがあったら教えてくれ」

「ディアボロの言う通りだわ。マロンさんの悩みは、私たちの悩みなんだから」

話していいのか迷っている様子だったが、シエルと一緒に伝えるとマロンはぼそぼそと教えてくれた。

「実は……これは、クラスメイトの方たちの荷物なんです……。ついでに持ってきてくれと頼まれまして……」

「……なに？」

　そのまま、マロンは荷物について説明する。どうやら、ヴィスコンティ家と同じ公爵出身などの男子生徒に、お前は〝みんなのメイド〟だと言われ、種々の荷物を渡されたらしい。

「……そんなことがあったのか。気づかなくてすまなかったな、マロン」

「いえ、こちらこそお伝えしておらず申し訳ありませんでした」

「あなたが他の人にメイド扱いされる筋合いはないわ」

　〝エイレーネ聖騎士学園〟は貴族の学校でもあるから、メイドをこき使う感覚が強い生徒もいるようだ。位の高い貴族はメイドや使用人を寮に連れてこられるはずだが、おおかた悪名高い俺を牽制する意味合いもあるのだろう。彼女の手から他の生徒の荷物を回収する。

「あ、あの、ディアボロ様？」

「シエルも言ったが、マロンはこんなことをしなくていいんだ。そいつらには俺から言ってやる。マロンはメイドじゃない。クラスメイトだってな」

　あまり目立つことは避けたいが、これは別だ。マロンは俺の大事な仲間。誰であろうと、見下すような真似は絶対に許さない。

教室に着くとマロンに教えてもらい、真っ先に荷物の持ち主たちのところへ行った。談笑する三人組の男子。そのうちの一人は公爵ということだが、原作ゲームでは名も出てこない、いわゆるモブの生徒たちだった。どさりとそいつらの机に荷物を置くと、三人組はいっせいに俺に注目した。

「明日から自分の荷物は自分で持ってこい」

「「ディ、ディアボロ・ヴィスコンティ……。なんで……？」」

まさか俺が直接来るとは思わなかったのか、三人ともびくびくと怖じ気づいていた。傍から見ると俺は悪役に見えるだろうが、そんなことはどうでもいい。

「マロンはみんなのメイドじゃない。俺たちと同じクラスメイトだ。侮辱することは絶対に許さない。どうしても侮辱すると言うなら……この俺が相手になる」

マロンを見下すヤツは、本気で倒すつもりで魔力を練り上げる。マロンにちょっかいを出していた三人組はみな、静かに黙りこくった。バツが悪そうに視線を逸らし、そそくさと荷物を回収する。俺もマロンの手を引いて席に着くと、静かにお礼を言われた。

「ありがとうございました、ディアボロ様……」

「仲間を守るのは当然のことだよ。また何かあったら遠慮なく教えてくれ」

「はい……ディアボロ様に仕えられて本当によかったです」

恥ずかしそうで嬉しそうな表情のマロンを、シエルは優し気な微笑みで見守っていた。

ちょうど扉が開いて、アプリカード先生が入る。やけに静かな教室を見渡すと、怪訝な表情で話した。

「今日はずいぶんと静かですね。何かありましたか？」

「いえ、特に何もありません」

クラスを代表して俺が答える。アプリカード先生はしばし怪しむ顔をしていたが（たぶん、俺のやらかしを疑っていた）、やがて気を取り直したように言った。

「では、みなさん。今日の授業もまた実地訓練です。概要を説明するのでよく聞いてください」

教室にアプリカード先生の声が響く。実地訓練か……だとすると、あのイベントだろう。

「特にディアボロさん、あなたはよく聞いてくださいね」

「あっ、はい、すみません」

ぼんやり前世の記憶をたどっていたら、アプリカード先生に注意されてしまった。どうにかして高評価を得たいものだ。

「今回、皆さんに挑んでいただくのはダンジョンからの脱出です」

「「ダンジョンからの……脱出……？」」

アプリカード先生の言葉に、生徒たちは揃って疑問の声を出す。普通ダンジョンの試験と言ったら、上層から下層へ向かうことを想像する。案の定、シエルたちもポカンとして話す。

「脱出ってどういうことかしら」

「入り口から下層へ行くのとは違うのでしょうか」

実は、これも原作の序盤イベントなんだよな。〝エイレーネ聖騎士学園〟は高名な学校ということもあり、ダンジョンを何個も管理している。その中からランダムで一つ選ばれ、脱出時間を競い合うのだ。アプリカード先生は地図の映像を空中に出す。

「ご存じの通り、我が学園はダンジョンを何個も管理しています。将来、皆さんは遭難した冒険者の救援に向かう機会もあるでしょうから、実地訓練を積んでください。今回の試験も二人一組で行います。もちろん、親善試合の選抜試験でもあります。脱出時間とモンスターを倒したポイントで順位が決まります」

教室はざわつく。原作はやりこみ要素もそれなりにあって、最速を競い合うスレなんかもあったりしたんだよな。シエルとマロンは小声で相談する。

「今回もディアボロと一緒だったらいいな。というより、二十四時間傍にいなきゃ気が済まないのだけど、どうすれば達成できるかしら」

「そうですねぇ。でも、私も一緒にいたいですし……そうだ、半分こにするというのはどうですか？」

「良い案ね、さすがマロンさん」

「え」

戦慄の会話を聞きながら、前方に座った紫髪の少女が目に入った。彼女はコルアル。

ちなみに、その正体は未だ謎だ。どうやらアイスが好きらしい、ということしかわからない。あとは魔法が強いってことか。顔すらまだちゃんと見られていない。目が合おうとすると、高速で背けられるのだ。さすが悪名高いディアボロ。女の子に嫌われる天才だな。

彼女もまた体調が悪いんじゃないかと心配なのだが、至って健康のようでそこだけは安心できた。

「ディアボロって可愛い女の子見るの好きだよね」

「シエル様もそう思われますか。私も気になっていました」

コルアルを眺めていたら、シエルとマロンの目から光が消えていた。まずい！

「あ、いや、そうじゃなくてだな！　これにはちゃんとした理由が……」

弁明を始めた途端、いつもの厳しい声が飛ぶ。

「ディアボロさん！　聞いているんですか！」

「聞いています！　すみません！　一言一句聞き逃さないレベルで聞いています！　はい、すみませんでした！」

毎回、俺だけ怒られるのはなぜだ？　その後、アプリカード先生からチーム分けを告げられ、俺たちはダンジョンへと転送された。

「入り組んでいてわかりにくいですねぇ」
「早く上に行きたいが、階段が見つからんな」
俺とマロンは、ウロウロと通路を歩きまわる。ダンジョンなのでうす暗いが、マロンが火魔法で照らしてくれているのでぼんやりとは見えた。前世では、このRTAだって何度もやり込んだ。
だから余裕でクリアできると思っていたのだが、やっぱりゲームで見るのと実際に行動するのでは勝手が違くて、少々てこずっている。繰り返していうが、少々だ。頑張ればこれくらいどうってことはないと思う。そう思った瞬間、十字路に突き当たった。

「ディアボロ様、どちらに進みましょうか」

「そうだな……え～っと、とりあえず右に行ってみよう」

角を曲がったところで、ちょうど何かとぶつかった。柔らかくて温かい感触に驚く。

「うわっ！　な、なんだ、モンスターか!?」

「きゃぁっ！　《重力圧殺》！」

女の子の悲鳴が聞こえ、俺の全身が重くなった。周りの重力が増したような感覚で、身体がミシミシと軋む。こ、この魔法は……！

「ま、待ってくれ、シエル！　俺だ！　ディアボロだ！」

「……ディアボロ？」

凛とした声が聞こえ、重力の圧が消えていく。思った通り、暗がりから現れたのはシエルだった。助かった。彼女もまた、大変に実力をつけている。下手したら、俺の身体が砕け散るところだったぞ。これが愛の重さ……。

「やっぱり、シエルか。まだ第五層にいたんだな」

「まさか、ディアボロに会うとはね」

「シエル様、なんだかお久しぶりです」

脱出時間を競い合うといっても、俺たちは大事な仲間同士だからな。ギスギスした空気にはならなかった。そういえば、シエルのペアは……と思い聞いてみた。

「コルアルさんも一緒にいるの？」

「ええ、一緒よ。コルアルさん、この人が私の婚約者、ディアボロ・ヴィスコンティ」

シエルの後ろをよく見ると、紫髪の少女が隠れるように立っていた。謎の少女、コルアルだ。ようやくその正体を掴める瞬間がきたぞ。入学してから初めての会話だ。そのまま、シエルが俺を紹介してくれた。

「ディアボロの評判は最悪だったのだけど、今は見る影もないくらい改心したの。コルアルさんも仲良くできると思うわ」

「はぁ……どうも……」

どアルトの声。俺と関わりたくない雰囲気がビシバシ伝わる。マロンの明かりに照らされ、その顔が明るみに出た。

紫の髪に紫の目、そして手に持つは見慣れた杖。申し訳程度に額の髪を右に流していた。

……どうして、その程度の変装で誤魔化せると思ったんだ。

どんな生徒か、俺はずっと気になっていた。知らない名前だったから、心の底では断罪の恐怖にも怯えた。願わくは、あの時間を返してほしいくらいだ。

肩透かしを食らった気分で言う。

「……アルコル師匠ですよね？」

「ギクギクギクゥッ！　ち、違うわい！　だだだ誰じゃ、それ！　ワシはコルアルじゃ！」

アルコル師匠は必死になって否定する。なぜ学園に入学したのかわからんが、原作のシナリオに余計な変化が出そうで怖い。

俺が追及すると、シエルとマロンが呆れた様子で言った。

「ディアボロ、何を言っているの。いくら魔法が上手だからって、コルアルさんがアルコル師匠のはずないじゃない」

「そうですよ。コルアルさんはアルコル師匠じゃありませんって。そもそも全然似ていないじゃないですか」

瓜二つなんだが？　なんなら生き写しって言われてもおかしくないのだが？　というか、名前がそうじゃん。まぁ、いい。二人にもアルコル師匠だということを証明してみせよう。

「ああっ！　あんなところに空飛ぶアイスが！」

「どこじゃ、どこじゃ、どこじゃー！」

俺が叫んだ瞬間、コルアル（アルコル師匠）は血眼になってアイスを探す。どうだ、これで俺の言うことを信じてくれただろう。

「コルアルさん、アイスが好きなんだ。私も好きよ」

「これから美味しい季節が待っていますね。楽しみです」

微笑ましい笑みを浮かべるシエルとマロン。……なぜ誤魔化せてしまえるんだ。

「それはそうとして、マロンさん。私との勝負は忘れてないでしょうね？」

「はい、もちろんでございます。勝った方が、今晩ディアボロ様を独り占めできると……」

「私も負けないから。ということで、覚悟しておいてね、ディアボロ」

「……なるほど？」

知らないうちに、いつもの駆け引きが展開されていた。マジか。俺の体力……というか、精力はもつのか？

呆然としていたら、シエルとアルコル師匠は反対側に歩いていってしまった。まぁ、いいか。まずやるべきことは、試験のクリアだ。

通路を進むと、奥に階段が見つかった。マロンが嬉しそうに言う。

「ディアボロ様、階段ですよ！　早く行きましょう！　独り占めの権利をかけて！」

「う、うむ……」

駆け出すマロンに手を引かれ走る。干からびるのが先か、はたまた断罪されるのが先か……。俺はいつまでも気が抜けない。一段と気を引き締めて、上層階へと歩を進める。

□□□

『ゴアアア！』

「さすがに熱いな。近寄ると火傷しそうだ」

「ディアボロ様、私はいつでも戦う準備はできています」

〝死者の石窟〟二階の天井が高い大きな空間。そこで、俺たちはCランクのサラマンダーと対峙していた。全長は６ｍくらい。このダンジョンでのレベルは35前後だったと思う。

全身を覆う炎は激しく燃え盛り、離れていても熱を感じる。火属性の耐性はCランクでもトップクラス。身体をまとう炎のオーラは火属性の魔法攻撃を弱める効果があり、討伐には難儀する。脱出という仕様上、モンスターのランクは階層ごとでランダムだ。なので、上層階でも強力な敵が現れた。

『グルアアア！』

「気をつけろ、マロン！」

「は、はい！」

サラマンダーはいくつもの火球を放つ。俺とマロンはとっさに横へ移動して躱した。床の表面が薄っすら溶ける。さすが、かなりの高温だ。離れたマロンに向かって叫ぶ。

「サラマンダー相手だと火属性は相性が悪い。ここは俺に任せてくれ」

「わかりました！　やっぱり、ディアボロ様は私が怪我しないように気遣ってくださるのですね。モンスターを焼き殺せないのは残念ですが、ディアボロ様の愛を感じる方が大事なので……」

マロンは頬に手を当てながら、くねくねと身をよじる。彼女なら相性などガン無視でねじ伏せそうだったが、念には念をだ。きっと、顔が赤くなっているのは、サラマンダーの熱のせいだ。発熱じゃないだろうから、安心して戦えるな。

「《闇の剣》！」

魔力で黒い剣を生成する。いつも魔法で戦うことが多いから、剣術の経験も積んでおきたい。学園入学前、父上が稽古をつけてくれたこともあり、実戦を経て自分のものにしたい気持ちが強かった。

剣を装備した俺を見て、サラマンダーは大きな咆哮を上げながら何発も火球を放つ。

『ゴルアアアア！』

火球を躱しながらサラマンダーに近寄る。こいつは強力な火属性のモンスターだが、攻撃するときは動きが止まる。そこが弱点だ。

「薙ぎ一閃！」

『アァァ！』

剣に魔力を巡らせ、炎の鎧ごと首を斬った。ゴトンとサラマンダーの頭が落ち、魔石が転がり出る。部屋の片隅から、マロンの喜ぶ声が聞こえる。

「ディアボロ様、素敵でございます！　まさしく、エイレーネ一の大剣士！　超一流！　ヴィスコンティ家の名に恥じない色男！」

顔を焦がすほどの熱気は消え、ダンジョンに静寂が戻る。手の紋章からはアナウンスが響いた。

〔サラマンダーの撃破を確認。ディアボロ・マロンチームに1000ポイント加算されます。現時点でトップのポイントです〕

すごいな、一体でグレムリン三体分のポイントを上回ったぞ。サラマンダーはCランクだからだろう。マロンが手を振りながら駆け寄る。

「ディアボロ様、お疲れ様でした。お怪我はありませんか？」

「ああ、大丈夫だよ。マロンこそ怪我とか火傷はしていないか？　少しでも身体が傷ついたら教えてくれよ。すぐ治すからな（断罪フラグを潰すために）」

「……はい」

サラマンダーは倒したのに、彼女の顔が赤くなるのはなぜだ。やっぱり発熱しているんじゃないかと心配になる。

「マロン、具合が悪かったら遠慮せずに……」

「ディアボロ様、また新たな敵です！」

「なに？」

サラマンダーとの戦闘音を聞きつけたのか、モンスターたちが集まってきた。スケルトンにデビルバッド、マミーにスライム……。EやFランクの雑魚ばかりだが、ちょっと数が多い。マロンは元気いっぱいの声で言った。

「ディアボロ様、今度は私に戦わせてください！　私が普段から、どれくらい愛の炎を滾らせているか見てほしいんです！」

「あ、ありがとう、嬉しいよ。こんなに慕ってくれる子がいて俺は本当に幸せ者だ」

素直にお礼を言うものの、少々の重さを感じたのもまた事実だ。マロンは意気揚々とモンスターたちの下へ近寄る。見たことないくらいハイテンションな勇み足だった。

「《地獄の炎渦》！」

『『グギャアアアッ！』』

サラマンダーとは比べ物にならないほどの、とんでもない業火がモンスターたちを襲う。瞬く間に炎の渦が迸り、マロンはモンスターが燃え盛るのを見て喜ぶ。お、おい、そんなに近くにいたら火傷するぞ。心配になって隣に行くと、彼女は酔いしれた声を上げる。

「あびゃあああ！　モンスターが燃えてるううう！　良い匂いいいいい！　ディアボロ様ああ、見てくださっていますかああ！　これが私の愛いいい！」

「わかりましたあああ！　マロンにお任せをおおお！　あびゃああああああ！」

「う、うん、よく見ているよ。だから、もう少し火加減を抑えてくれると嬉しいな」

炎の勢いはまったく弱まらない。やはり、モンスターが燃え尽きるまで待つしかないようだ。そう思ったとき、不意に俺たちの後ろに何かの気配を感じた。ん？　新手のモンスターか？　振り返る間もなく、その何かは叫んだ。

「《聖弾》！」

「危ない、マロン！」

白い光の弾が猛スピードで飛んできたので、マロンを抱きかかえるようにして避けた。

「ディ、ディアボロ様、どうしたのですか⁉　今のはいったい……！」

「わからん。マロン、警戒を怠るな」

通路の暗闇を窺う。わからんとは言ったが、今の攻撃からある程度の予想がついた。

――さっきのは聖属性の光だ。まさか……。

間違っていてくれ……と祈っていたが、神に祈りは通じなかったようだ。

「覚悟しろ、ディアボロ。この僕様がお前の伸びきった鼻をへし折ってやる」

我らが主人公、フォルト君が現れた。

「フォ、フォルト！　いきなり何をするんだ！　危ないだろう！　マロンを傷つけるな！

(断罪フラグが立ったらどうする！　もしかしたら、俺のせいにされるかもしれないだろうが！)」

「ディアボロ様……」

「こ、こら、やめなさい」

こんな状況にもかかわらず、マロンはひしっ……と抱き着いてくる。火に油を注ぐだけのような……。案の定、フォルト君は鬼のような形相になった。

「ディアボロ！　責任をとれ！」

「なんの⁉」

「とぼけるな！　僕様の輝かしい学園デビューを奪った責任だ！　僕様が一番特別なはずなんだよ！　お前がいたせいで、僕様の煌めきはくすんでしまったんだ！」

フォルト君が何を言っているのか、まったくわからない。これは俺の読解力の問題だろうか。内心焦っていたら、マロンがそっと話しかけてきた。

「ディアボロ様……フォルト君は何を言っているんでしょうか」

良かった。マロンもわからないって。そんな俺たちに構わず、フォルト君はなおも謎の主張をする。

「聖属性の魔力を持っているのは、この学年で僕様だけ！　だから、一番特別な存在は僕様！　こんなこともわからないのかね⁉」

「でも、聖属性なら二年生にも三年生にもいたような……」

「正論は求めていない！」

フォルト君の怒鳴り声で、俺の言葉はかき消された。マロンが険しい顔で俺の手を引く。

「ディアボロ様、なんだか様子がおかしいです。怒っている理由もよくわかりませんし。逃げますか？」

「そうだな。見なかったことにしよう。きっと、彼にも色々あるんだよ」

これが平常運転だったら逆に怖いが。刺激しないように、そっとフォルト君から離れる。

「こら、逃げるな！　僕様が聖なる力でお前を浄化してやる！　環境に甘えた傲慢貴族め、覚悟しろ！　《聖弾》！」

「うわっ、あぶなっ！」

「ディアボロ様っ！」

フォルト君は光の弾をいくつも放つ。いったい何がしたいんだ、彼は。一応、この試験では生徒同士の戦闘は禁止されていない。倒した相手チームのポイントを奪うこともできるし、実地訓練にもなるので、むしろ奨励されているくらいだ。

「クソがっ！　避けるんじゃねえ、ディアボロ！　とっとと塵になっちまえってんだよ！ちくしょうっ！　一度、魔力を溜めねえと！」

めっちゃ悪役のセリフやん。顔つきも恐ろしいし。ゲームの設定を考えても、さすがにこれは悪人過ぎるような……。フォルト君に何があったんだ。

……あれ？

攻撃を躱しながら光弾の弾ける様子を見ていると、とある疑問が思い浮かんだ。

――なんで、フォルトは聖属性なのに攻撃魔法が使えるんだ？

設定としては、習得は回復↓攻撃の順番なんだが。そう、ちょうど闇属性と反対だ。最低でも、解放度が★5を超えないと攻撃系の魔法は習得できないはずなのに……。

俺はぼんやり考えるだけだったが、マロンの表情は徐々に険しくなった。

「フォルト君がこんなにディアボロ様を敵視しているとは思いませんでした。仕方がありません。ディアボロ様の素晴らしさをその身に教え込まないといけませんね。《灼熱地獄》」

「ぐあああ！」

マロンは躊躇なく魔法を発動する。それも結構強力なヤツを。我らがフォルト君は地獄の業火に包まれ、灰となって消えていく……。

「ちょっと待って！　ストップ！」

大慌てでマロンを止め、魔法を中断させる。わずか数秒で、フォルト君は煤だらけになってしまった。ゲホゲホと苦しそうに咳き込む。どうやら生きてはいるようで、心の底からホッとする。一方、マロンは不満げな顔を俺に向けた。

「……なぜ止めるのですか、ディアボロ様。私、もう我慢できません。骨の髄まで燃やし尽くさないと……」

「抑えて、マロン！」

マロンのあびゃああ！　からのフォルト焼きはまずい。そりゃあもう、色々とまずい。シナリオ崩壊どころじゃない。

——いや、むしろ彼女に殺してもらった方が将来安泰なのか？　俺を断罪する人間がいなくなるわけだし。

——待て待て待て！　そうじゃないだろ！　人を殺して幸せになるなんてダメだ！

——でも、フォルト君が生きている限り、ずっと断罪の恐怖と戦わなければならないぞ？

頭の中で天使と悪魔が戦う。どうにかして誘惑（悪魔の）を断ち切ったとき、野太い男の声が響いた。

「おい！　勝手な行動をするな！」

「チィッ！　もう追いかけてきやがったか」

暗闇から大柄の男が現れる。バッドだ。そういえば、フォルトのペアは彼だっけ。女子と組みたがっていただろうに、バッドが相方でやるせない。

突然、フォルトが俺の後ろを指して叫んだ。

「ああっ！　あそこでシエルさんが襲われているぞー！　今にも食われそうだー！　誰か助けろー！（棒）」

「なにぃいいい!?　シエルが襲われているだとおおお！」

断罪フラグが！　大慌てで振り返るも、そこにシエルはいなかった。マロンが倒した、大量のモンスターの死骸と魔石が転がるだけだ。……あれ？　シエルは？

「隙あり！　《聖弾》！」

「いてっ！」

頭に軽い衝撃を受ける。テニスボールがこつんと当たったような衝撃だ。振り返ると、フォルト君が手の平を俺に向けていた。不意打ちしてきたというわけか。原作主人公なのに、さっきから小物感が溢れているのはなぜなんだ。

今度はバッドがフォルト君の頭を思いっきり殴った。

「ぐあっ！　な、何をする！　僕様の麗しい顔に傷がついたらどうするつもりだ！　世界中の美女を虜にするほどの美貌だぞ！」

「ばかやろう！　漢なら正々堂々と戦いやがれってんだよ！」

フォルト君はバッドに説教される。原作では絶対に見られない光景だな……と思ったとき、ダンジョン全体がわずかに揺れた。地震というより、上層階で何かが暴れているような振動だ。

天井にヒビが入り、ガラガラと瓦礫が崩れ落ちる。まずい、落下点にはバッドとフォルト君が！　バッドが上を見て叫ぶ。

「うぉっ！　なんだ、天井が落ちてきた⁉」

「お前の声がでかいから崩れたんだぞ！　責任とれぇ！」

「危ない、二人とも！　《闇の結界》！」

とっさに防御魔法で二人を守る。黒い光が彼らを覆い、全ての瓦礫を弾いた。硬そうな瓦礫は結界に当たるたび、粉々になって砕ける。黒っぽいバリアの中で、喜ぶバッドが見えた。

「おおっ！　すげえ！　さすがディアボロだ！　サンキュ！」

フォルトは頭を抱えてブルブルとうずくまっていたが、無事だと気づくとすぐに立ち上がり大きな声で叫んだ。

「今のはたまたま反応が遅れただけだ！　本来の僕様なら君に助けられるはずが……！」

「いいから、二人とも早くこっちに来い！　危ないぞ！　天井の崩落はまだ止まっていない！」

「ディアボロ様の近くにいれば安全です！」

俺とマロンが合図を送ると、バッドがフォルト君を引きずりながら走ってくる。俺たちの隣に着いた瞬間、天井の穴から巨大な何かが落ちた。砂ぼこりが漂う中、薄っすらと人型の影が浮かぶ。

ゆらりと現れたのは、全身が鋼で覆われた鎧騎士みたいなモンスター。敵の姿が明らかになると、バッドとマロンが悲鳴に近い声を上げた。

「こ、こいつは……鋼鉄ゴーレムだ！　こんなモンスターまでいるのかよ！」

「大変です、ディアボロ様！　かなりの強敵ですよ！」

鋼鉄ゴーレムは、れっきとしたAランクのモンスターだ。レベルは最低でも60。サラマンダーなど比べ物にならない。全長はおよそ10m。まるで巨人のような威圧感だ。

身体を構成する金属は、地中の超圧力で凝縮された激レア鉱物〈コアロゾイト〉。タングステンのような強度を誇り、達人の剣をも簡単に弾く。

それだけでも強いが、さらに厄介なことに、こいつは即死未満の攻撃を与えると増殖する特殊能力を持つ。原作でもダンジョン脱出イベントの大きな壁で、勝利するのは不可能だった。

いわゆる、〝負けイベント〟だ。

ペアの仲間もろとも体力が尽き死んでしまう。遭遇しないように立ち回り、それでも出会ってしまったら、とにかく逃げるしかない。そもそも、さっきのサラマンダーでさえ相当レベルを上げていないと倒すのは難しい。

『……』

鋼鉄ゴーレムはじりじりと近づく。壁にかけられた松明に照らされ、その鋼の肉体が鈍く光った。ギラリという重い効果音が聞こえそうだ。

俺は警戒態勢を維持したまま、みんなに呼びかける。

「ダンジョンの出口も近いし、一旦逃げよう！　ここは退避するんだ！」

「「あ……あ……」」

呼びかけたが、マロンもバッドもフォルトも、鋼鉄ゴーレムを見たまま震えるだけだ。

初めて見るAランクモンスターに怖気づいてしまっていた。いくら修行を積んでいても、国内最高峰の学園に通っていても、彼らはまだ学生なのだ。ふと、俺は思った。

――これが〝負けイベント〟なら、みんなはどうなる……？　死ぬのか？

ゲームなら負けてもまたイベント開始時に戻るだけ。だが、これは現実だ。人が生きる世界だ。下手したら死んでしまうかもしれない。それに、怪我は魔法で治せるとはいえ、痛い思いはしてほしくない。

どうやってみんなを逃がそうか考えていたら、フォルトが大きな怒声を上げた。

「ちくしょう！　女も抱けずに死んでたまるかよ！　こいつは僕様が倒す！」

何をするのかわかり、俺は大慌てで止める。

「待て、フォルト！　早まるな！　あいつは……！」

「黙れ、ディアボロ！　僕様に命令するな！　……《聖弾》！」

白い光の弾が、鋼鉄ゴーレムの頭に直撃する。モクモクと煙が立ち、フォルト君は激しい雄叫びをあげた。

「どうだ、ディアボロ！　僕様の聖なる攻撃でゴーレムは完全に破壊されたぞ！」

本当に嬉しそうにガッツポーズするフォルト君。彼はなおも雄叫びをあげ続けた。俺を指差し、勝ち誇った顔で言う。

「さあ、ディアボロ。僕様の学園デビューを奪った責任を取り、退学してもらおうか」

「フォルト、鋼鉄ゴーレムはまだ倒せていない。あれを見ろ」

俺が言うと同時に煙が消え、鋼鉄ゴーレムが再び姿を現した。その数、二体。フォルト君の攻撃で分裂しちゃったんだな。

「……な、なに⁉　どうして、僕様の攻撃が効いていないんだ！　しかも増えてるぞ！」

やはりというか何というか、フォルトはモンスターの特性にあまり詳しくないらしい。

「こいつはダメージを受けると分裂するんだよ。だから、一撃で即死させないとダメだ」

「そういうことは先に言えよ、ディアボロ！　攻撃しちゃったじゃないか！」

「だから、俺は待ってくれとだな……」

フォルト君は俺の肩を掴んでは揺すりまくるが、すぐバッドに羽交い締めにされ動きを止められた。マロンもAランクモンスター出現のショックから解放されたようで、険しい顔で鋼鉄ゴーレムを睨む。

「ディアボロ様、どうしましょう。あんな強敵見たことがありません」

「俺が倒すよ、みんなはここで待っていてくれ。怪我でもしたら大変だからな」

「「ディアボロ（様）……」」

闇の剣を創造し、勢い良く駆けだす。もちろん逃げる選択肢もあったが、さっさと倒した方がよさそうだ。みんなの安全を考えるとそれが一番確実だろう。フォルト君が暴れる可能性もあるからな。二体の鋼鉄ゴーレムは腕を振り上げ、俺を叩き潰そうとする。

「《闇迷彩》！」

『『……！』』

攻撃を食らう前に、闇魔法を発動する。闇に溶け込む迷彩魔法だ。俺の身体が周囲と完全に同化した。目標を見失ったためか、鋼鉄ゴーレムの腕は空振りする。こいつらの身体はでかいし、厄介な特殊能力もあるからな。確実に沈められる一撃を放て。

鋼鉄ゴーレムの後ろに回り込むと、瞬時に魔力を練り上げた。

「《闇の大斬撃》！」

『『！』』

増幅された魔力とともに剣が巨大化し、鋼鉄ゴーレムを二体同時に切り裂いた。一撃の後、その胴体が斜めに崩れ落ちる。マロンたち三人は、呆然と佇んでいた。

剣を解除し、みんなに討伐を報告する。

「と、まぁ、こんな感じかな……うわっ」

空気の揺れが収まると同時に、マロンとバッドが俺に勢い良く抱き着いた。

「ディアボロ様、ありがとうございます！　また命を救われてしまいました！」

「すげぇヤツだと思っていたが、お前は想像以上に強いんだな！　完敗だぜ！」

「は、離れてくれ……苦し……」

　マロンはともかく、バッドの締め付けがきつい。彼は見た目通り、力がとても強いのだ。

……いや、マロンの抱き締めも相当なものだった。

〈鋼鉄ゴーレム二体の討伐を確認。ディアボロ・マロンチームに4000ポイント加算されます。単独一位を維持しています〉

　下手したら気絶しそうだったが、手の紋章から聞こえたアナウンスで意識を繋いだ。バッドはよりハイテンションになる。

「4000ポイント⁉　すげぇ！　ぶっちぎりで一番じゃねぇか！」

「げほっ……そ、そうかな……」

　まぁ、バッドの言う通りだろう。前世でプレイしていたときだって、こんな高得点は出せたことがない。フォルト君はというと、少し離れたところでプルプルと震えていた。

　こ、今度はなんだ？　と思う間もなく、ビシィッ！　と俺に指を差した。

「本当なら僕様が倒していたんだ！　たまたま調子が悪かっただけなんだよ！　だから覚えていろ、傲慢で怠惰なディアボロ！　いつか必ず僕様がお前を……ぐあああ、だから引っ張るな！」

「世話かけたな、ディアボロ、マロン。せっかく、お前らとバトれると思ったのによ。いつか真剣に戦おうぜ」

我らがフォルト君は、バッドに引きずられながら暗闇に消えていく。しばしポカンとする俺とマロン。

「さ、騒がしくてすまんな、マロン」

「いえ、ディアボロ様のせいではありません。それより、お怪我はありませんか？　フォルト君の攻撃が頭に当たっていましたが」

「全然大丈夫だよ。修行の成果が出ているんだろう」

マロンはしばらく俺の頭をまさぐっていたが、やがて真面目な表情で告げた。

「それはそうとして……」

「は、はい」

マロンはこほんっと小さく咳払いする。

なんか、目の光が消えている気がするんですが……。

「シエル様を心配するときのディアボロ様の声は、私と話すときより一・二倍大きかったですね」

「え」

「これからはもっと愛の心を滾らせることにします。それこそ、ディアボロ様が溶けて私と一体になるくらいに」

「あ、いや、マロンの気持ちは伝わっています！　熱すぎるほど十二分に伝わっています！」

　だから、目に光を戻してくれええ！　必死にマロンを宥め、俺たちは上層へと向かう。

　単独一位は維持できているが、断罪フラグとはまた別の意味で命の危険を感じていた。

□□□

「皆さん、お疲れ様でした。まずは、全員無事に帰還できたことをお祝いします」

　アプリカード先生の声が響く。

〝死者の石窟〟での試験が終わった後、俺たち生徒は教室に戻った。みな、疲れ切った表情でいるものの、大怪我をしてそうな生徒はいなくてホッとする。断罪フラグは立たなそうだからな。その中で、アルコル師匠だけはピンピンしている。そっと俺の様子を窺い、視線が合うと即座に目を背けられた。いや……もうバレてますから。

「トップはディアボロ・マロンチームです。脱出時間、モンスターの討伐ポイント、いずれも最高点でした。おめでとうございます、マロンさん……そして、ディアボロさん」

「「ありがとうございます」」

「これは褒賞の〝魔石プレート〟です。この試験で得た知見と経験を忘れないようにしてください」

　俺とマロンは、アプリカード先生から軍隊の略綬みたいな小さなプレートを貰う。表面には〝エイレーネ聖騎士学園〟の紋章である、盾に納められた剣が刻まれていた。これは魔石が薄く加工された物で、生徒の実力を示す証だ。

　今後行われる選抜メンバーは、このプレートの枚数で決まる。もちろん、多ければ多いほど学園でも一目置かれるようになる。ゲームのアイテムが実際にこの手に持てるなんて、なかなかの充実感だな。ありがたく頂戴した。

　みんな（フォルト君以外）に拍手で讃えてもらいながら席に戻る。椅子に座ると、隣のシエルもまた褒めてくれた。

「いいなぁ、私もそのプレート欲しかったわ」

「寮に帰ったらさっそく制服につけよう」

「本音を言うと、ディアボロの独り占め権だけど」

「う、うむ……」

そうだった。試験は無事に終わったけど、この後本番が待っていたんだ。別にあの意味じゃなくてだな……。アプリカード先生は表情が硬く、俺に釘を刺す。

「トップの成績だからといってハメを外し過ぎないように、ディアボロさん」

「あ、はい」

地獄耳過ぎませんか？　というと、怒られそうなので黙っておく。結果発表もそこそこに、授業は終了した。

外に出ると、すっかり日が暮れている。何だかんだ長い一日だったな。ダンジョンは入り組んでいたし、フォルト君には襲われるし。今日はゆっくり風呂に入って早めに寝るか。

そう思っていたのに、寮の部屋に入った瞬間、マロンが俺の腕を強く握った。そのまま寝室へ連行される。……まさか、この流れは！

「では、シエル様。ディアボロ様はお借りしますね。また明日お会いしましょう」

「ぐぎぎ……モンスターとの遭遇がもっと多ければ……」

シエルは歯ぎしりしながら部屋から出ていった。つまり、二人っきりになる。猟犬のような目をしたマロンと。

「ディアボロ様、準備はよろしいですか？　夜は長いですよ。お食事前に一回戦といきましょう」

「あっ！　んっ……待って……せめて、風呂を先に……ぁああ〜！」

噛(か)みつかれ（どことは言わないが）、吸われ（何がとは言わないが）、俺のアレ（具体的には言わないが）は悲鳴を上げる。マロンじゃないが、夜は長い。無事に朝を迎(むか)えられるのか、俺は朦朧(もうろう)とする意識の中でいつまでも快楽に身をゆだねていた。

【間章：あいつはすげえ（Side：バッド）】

ディアボロとは、この学園で初めて会った。会う前から、悪評はよく知っていた。使用人を殴り、蹴り、挙句の果てには婚約者を歩行不能にした暴虐令息……。噂を聞いただけでイラついたぜ。学園で会ったら、根性を叩き直してやろうと思っていたんだ。

ところがどうだ。学園でのあいつは、暴虐令息なんてあだ名がつくようなヤツじゃなかった。授業態度は真面目だし、他人に乱暴を働くこともない。周りにいる女たちも、ディアボロとは嬉しそうに話す。あの、足が不自由になった婚約者さえ。少なくとも、俺が見ている範囲ではあいつは善人だ。噂は嘘だったのか？

――いや……真実だったんだろう。

噂が蔓延っていたのは学園入学前の話だ。もしかしたら、ディアボロは変わったのかもしれない。きっとそうだ。俺はその過程を見たわけじゃないが、そのように強く思える。感じると言った方が正しいか。あいつが纏う魔力のオーラは、学生とは思えないほど練り上げられている。体だって細身だが、引き締まった筋肉が隠れていることがよくわかった。

――この男はただ者ではない。かといって、暴虐令息でもない。

それが俺の評価だ。さらに、ディアボロはかなりの努力家だと知った。あいつは毎朝やたらと疲れている。まるで精気を搾りとられたスケルトンのように……。きっと、寝る間も惜しんで猛烈な訓練を積んでいるに違いない。俺も負けてられんな。

そしてもう一つ、決して見逃せない物をあいつは持っていた。やたらと女にモテる。シエルはもちろんのこと、マロンもあいつにベッタリだ。デイジーもディアボロをジッと見ることが多い。俺はあいつからモテる秘訣を絶対に聞き出す。

ディアボロがただの学生ではないと確信したのは、〝死者の石窟〟からの脱出試験だ。

俺はフォルトとペアを組み、出口を目指していた。しばらく進むと、ディアボロとマロンに遭遇した。なぜかフォルトがキレて、それを止めていたら今度は天井が落ちてきた。

土煙から現れたのは、Aランクの鋼鉄ゴーレム。情けないことに、俺は足が震えた。いくら修行を積んでも、実際に見る強力なモンスターは怖かったんだ。悪いことに、フォルトが先走って鋼鉄ゴーレムを分裂させた。俺は震えることしかできなかった……。

それなのに、ディアボロは真正面から突っ込んだ。冷静に魔法で姿を消し、敵の死角から攻撃する。しかも一太刀で倒した。とても一年生のすることじゃねえよ。

学園での目標ができた。あいつくらい俺も強くなりてえ。待ってろ、ディアボロ。もっと努力して、すぐに追いついてやるからな。そして、俺もモテる男になる。

【第八章：王女様のご入学】

その日、事件は起きた。いくらアプリカード先生が注意しても、教室のざわめきは収まらない。耐え兼ねたように、我らが担任はひときわ大きな声を上げる。

「皆さん、静かにしてください。そんなに騒いでいたら、〝エイレーネ聖騎士学園〟の生徒として恥ずかしいですよ」

騒ぐクラスを見て呆れた様子のアプリカード先生だが、さすがに今日ばかりはしょうがないと思う。

とうとう、王女様がご入学したのだ。クララ・エイレーネ第一王女。薄っすらと輝く長い銀髪に、真紅のような赤い瞳。着ている服はさすがに普通のワンピース的なデザインだが、それですら天女の衣みたいに見えてくる。

アプリカード先生は咳払いすると、王女様に向き直る。

「では、クララさん。自己紹介をお願いします」

「はい……皆さん、初めまして。クララ・エイレーネと申します。体調が悪く入学が遅れてしまいましたが、仲良くしてくださると嬉しいです。どうぞよろしくお願いいたします」

クララ姫がお辞儀するだけで、周りの雰囲気が変わった。教会を思わせる清廉な空気感となり、天界にいるかのように錯覚した。美しい声は耳をくすぐり、脳が喜ぶ。これがすでに一種の魔法なんだが。

フォルト君はもちろんのこと、クラス中の男はウットリと見惚れている。わずか数分で、男どもの心は掌握してしまったようだ。男子生徒は相談が止まらない。属性でいうと、クララは儚い系の美女だ。ゲームではトップクラスの人気ぶりだった。男子はみんな、そういうのに弱いからな。

シエルとマロンはどう思っているのだろう……と彼女らを見たら、二人とも目から光が消えていた。そのまま、凍てついた声でお話しされる。

「楽しそうね、ディアボロ。そんな熱心に見るなんて、よっぽどクララ様が気に入ったみたい」

「王女様はお美しいですものね。私のようなメイドでは足元にも及びません」

「いや……あの……そうじゃなくてですね……」

どうすればいいのだ。葛藤している間にも、アプリカード先生は話を続ける。

「知っての通り、クララさんはエイレーネ王国の王女様でいらっしゃいます。ですが、国

王陛下とご本人のご意向もあり、他の生徒と変わらない対応をお願いされました。クララ様や姫様とは呼ばないでほしいそうです。そして……」

言葉が止まり、アプリカード先生の顔に暗い影が差した。その心中を察して、みんなはおしゃべりを止める。

「〝落命の呪い〟の解決法も、学園で探していきます。近くにいらっしゃった方が、私たち教員も何かと分析もしやすいので……」

クララ姫もわずかに下を向く。一転して、教室は静寂に包まれた。

――〝落命の呪い〟。

クララ姫の身体を蝕む呪いだ。彼女の腕や顔には薄っすらと、黒い痣のような模様が浮かんでいる。あれが、〝落命の呪い〟だった。

現在、人間と魔族は長らく敵対状態にある。伝説の五大聖騎士によって魔王が封印されて久しいが、年々封印の魔法は弱くなっている。魔王復活の機運が高まっていることもあり、最近魔族の活動がより活発になった。

そのような情勢の中、クララ姫は数年前に魔族の襲撃を受けた。王国騎士団が撃退したのだが、その際に呪いを喰らってしまったのだ。生命力が少しずつ奪われる呪いを……。

すっかり静かになった教室にクララ姫の美しい声が小さく響く。

「私の命はいつまでもつかわかりませんが、少しでも楽しい時間を過ごしたく、学園への入学を決意しました。最後まで精一杯生きたいと思います」

クララ姫の言葉は、俺たちの心に重くのしかかる。ゲームであっても、ここは人間が生きる世界なのだと改めて実感した。

暗い雰囲気を打ち消すように、アプリカード先生はパンパンッ！　と手を叩く。

「皆さん、そんなに暗い顔をしていては治る物も治りませんよ。さて、クララさんの席はあちらです。わからないことはフォルトさんに教えてもらってください」

王女様はフォルト君の隣に座った。この辺りは原作通りなんだな。悔しくはないが不安になる。男子どもは羨ましそうだ。フォルト君は優男な笑顔で椅子を引いてあげていた。ダンジョンで俺を攻撃したときとは偉い違いだな。

眺めていたら、シエルとマロンの小さいけれど低い声音が耳に届く。

「残念そうね、ディアボロ」

「席を交換してもらいますか？」

「あ、いや……！　そうではなくて……！」

断罪フラグが心配なんだ。実は、クララ姫の呪いにディアボロは関わっていない。関わっていないのだが、悪化させる要因ではあった。

原作ゲームでは、クララ姫を無理矢理（むりやり）に連れ回して体力を奪う。結果、クララ姫は容態が悪化して危篤（きとく）状態に陥（おちい）る。すると、颯爽（さっそう）とフォルト君が登場して呪いを癒（いや）す。一方、ディアボロは責任を問われ停学処分を受け、魔族の下へ落ちる大きなきっかけとなるのだ。

連れ回すなど論外だが、そもそもフォルト君が回復魔法を使えない以上、俺が癒さなければクララ姫は死んでしまう。そう思うと焦燥（しょうそう）感に駆（か）られた。

「あの、アプリカード先生。一つ質問をしてもよろしいでしょうか」

「なんですか、ディアボロさん」

「クララ姫の病気を俺に治させてもらえませんか？」

先手必勝。今こそ死ぬほど努力を積んで習得した回復魔法を使い、クララ姫の呪いを解くのだ。いき込んでいたが、アプリカード先生は首を振りながら淡々（たんたん）と言った。

「申し出いただきありがとうございます。ですが、お断りせざるを得ません」

「え！　なんでですか！」

「クララさんの呪いはまだ解明されていないことが多く、謎（なぞ）に満ちています。ディアボロさんが素晴らしい力を持つのは重々承知していますが、おいそれとお願いすることはできないのです」

「そんな……」

〝落命の呪い〟は、魔王封印後に生まれた新世代の魔族による呪いだ。だから、旧世代の研究しか進んでいない今の状況では、手の打ちようがない……という設定がある。しかし、ディアボロは治せる見込みも手段もないのに、色々と先走ってはやらかす。クララ姫を連れ回したり、呪いに効くといってよくわからない食べ物や秘薬を飲ませる。

結果、症状が悪化。それを原作主人公の聖魔法は癒してしまう。この一件を経て、ディアボロの権威は完全に失墜した挙句、停学処分。魔族への加担を始める。

前世で得たゲーム知識を披露したくても、俺がディアボロに転生したことがバレたら大変だよな……。どうにかして粘ろうとしたが、アプリカード先生は「ありがとう……」とだけ言って、俺を席に戻した。

「では、さっそくですが、本日も模擬試験を行います。試験内容は〝隠しの森〟での素材採取。各々の魔法を使い、森で魔石を集めてください。三人組のチームを組んで探してもらいます。もちろん、森にはモンスターも生息していますので、十分に気を付けて取り組むように。それでは、自分の能力が最大限活かせるようなチームを組んでください」

今までのチーム分けはアプリカード先生が決めていたが、今回は自分たちで決めるのだ。さっそく、シエルとマロンに力強く腕を掴まれる。

「ディアボロは私たちと組みましょうね」

「それが一番みんなの力を発揮できるチームです」

「いや……二人には悪いが、クララ姫と組もうと思うんだ。俺の回復魔法で……呪いを癒してあげたい。クララ姫を助けてあげたいよ」

断罪フラグを回避するためにも……。俺はそう伝えるも、シエルたちは何も話さない。

謎の沈黙が漂う。ま、まずい、怒らせてしまったか……？

心臓が冷たくなるのを感じたとき、二人は静かに言った。

「ディアボロって……やっぱり、優しいわよね……」

「ええ……この優しさに私も救われたんです……」

シエルとマロンはさめざめと涙を流す。そ、そんな、大げさな……。てっきり嫌がられるかと思いきや、二人は快く送り出してくれた。肝心のクララ姫は、さすがにみんな気が引けるのかまだ誰とも組んでいない。唯一、フォルト君だけはベタベタくっついていた。

俺は身なりを整え、緊張しながら話しかけた。

「ク、クララ姫」

「はい、何でしょうか……もしかして、あなたはディアボロさんですか？　あの……暴虐令息の……」

話しかけただけで、クララ姫の顔は暗くなる。……そうか。王宮にも俺の悪評は届いていたのか。いや、当たり前だよな。この一年ほどは改善に努めたつもりだったが、俺の努力が足りなかった。暴虐令息などとチームを組んでくれるわけない。気持ちが沈んでいく。

やっぱりダメかと思っていたら、クララ姫は口に手を当て極めてお上品に笑った。

「……という噂があったようですが、一年ほど前から改心されたそうですね。実は、ディアボロさんに会うのも楽しみだったんですよ」

「えっ！　そうなんですか!?」

「グランデさんがあちこち自慢されているんですの」

まさか、父上が俺を自慢していたなんて。そんなの初めて知ったぞ。ということは、俺の悪評も鳴りを潜めているはず……。希望を持ってお願いした。

「お、俺と一緒にチームを組んでくれませんか？　もちろん、試験のですが」

「ええ、ぜひお願いします」

よし！　どうにかチームが組めたぞ！　心の中でガッツポーズしていると、フォルト君がグイッと俺をどかした。

「僕の存在を忘れないでください！　クララさん、ぜひ僕ともチームを組みましょう！」

「もちろん、フォルトさんとも組みたいですわ」

「うおおお！」

フォルト君は力強く拳を天に突き上げる。そして、他の誰にも聞こえないよう、ひっそりと俺に呟いた。原作主人公とは思えないニヤけ顔で。

「僕様の方がクララさんにふさわしい人間だ。そうだ、勝負をしよう。この試験で勝った方が彼女を手に入れるんだ」

……そういうことじゃないんだよな。クララ姫は美しいがやつれた笑顔を向けてくれた。その顔には薄っすらと死相が浮かぶ。だいぶ体力が削られているのだ。見るだけで悲しい気持ちになってしまう。

自分のためにも、クララ姫のためにも、彼女の呪いは俺が絶対に治す。

□□□

〝隠しの森〟を進みながら、俺は少し前を歩く二人を見守る。フォルト君がクララ姫の手を取り、森の中をエスコートしていた。

「さあ、クララ姫、お手をどうぞ。この辺りは石が多いので、転ばないようにお気をつけください」

「ありがとうございます、フォルトさん。あなたはとてもお優しい方なんですね」

「いえいえ、それほどでも。男たるもの、女性を導くのは当然ですから」

フォルトは試験が始まってから、ずっとクララ姫の傍にいる。よっぽど気に入ったらしい。俺の方を見てはドヤ顔を披露する始末だ。そんな状況ではないんだがな。

地面に落ちた緑色の魔石を拾い上げると、フォルトは丁寧にクララ姫に渡した。

「クララ姫、綺麗な魔石を見つけました。どうぞ、あなたに差し上げます。少しでも早く、呪いが解けることを祈って……」

「ありがとうございます、フォルトさん。初めて見る魔石でございますわ」

「そうでしたか！　それは良かった！」

あれはゴブリンの魔石だな。ちなみにFランク。どうせなら、もっと高ランクの物をあげたらいいだろうに。彼女が見たことないっていうのも、ランクが低すぎるからじゃないのかな。フォルトはなおもクララ姫の手を引く。

「さあ、クララ姫。もっと森の奥に行きましょう。奥に行くほど魔石は多いはずですよ」

「待ってください、フォルトさん。そんなに力強く引っ張っては痛いです」

「ディアボロなんて放っておいていいんです。僕がご案内しますから。こっちですよ。さ、遠慮しないで」

先ほどから見ている限り、クララ姫を森の深部に連れて行きたいようだ。まさか、二人っきりになろうとしているんじゃないだろうな。目の奥に欲望が渦巻いているぞ。

「フォ、フォルトさん、少し待ってくだ……けほけほっ」

　クララ姫はせき込み、地面に座ってしまった。ほら見ろ。元々身体が弱っているのに、お前が無理に連れ回すから。

「こら、ディアボロ！　なんてことをしてくれるんだ！　クララさんの体調が悪化してしまったではないか！」

「……」

　だから、なんで俺なんだ。都合が悪くなったら、何でもかんでも俺のせいにしないでくれ。さらに、木陰からはゴブリンが一体現れた。

『ゴブッ！』

　フォルトはクララ姫の前に立つ。

「僕の後ろに下がって、クララさん！　ゴブリンです！」

「まぁ、あれが」

　ゴブリンは薄緑色の貧相な肉体だが、手に持つ棍棒は小さくも殴られたら痛そうだな。レベルは高くても5。群れを形成すると脅威が上がるが、単体では入学したての生徒でも倒せる強さだ。フォルト君は俺のことなど放置し、クララ姫の目の前に陣取っていた。両手を広げ、口上を述べる。

「この憎きモンスターめ。可憐なクララ姫を襲うつもりだな。だが、この僕がいる限りそうはさせないぞ。クララ姫は僕が守る！　この聖なる魔力の使い手たるフォルトがな！」

『ゴブゥ……』

我らがフォルト君は、ゴブリンを激しく指さす。Fランクの相手にも惜しみなく全力を出そうとするのは、さすがの原作主人公様だ。

「見ていてください、クララさん！　あなたは僕が守ります！　……《聖弾》！」

『グアアア！』

フォルト君の白い魔力弾を食らい、ゴブリンは一撃で倒された。一連の戦闘を見て、クララ姫はパチパチと拍手する。

「素晴らしいです、フォルトさん。あんなに怖そうなモンスターを簡単に倒してしまうなんて」

「そうでしょう、そうでしょう！　クララさんを守るために、僕は血の滲むような訓練を何年も積んできたんです！　今回の結果は努力のおかげですね！　はーっはっはっはっ！」

フォルト君は高笑いしながら、倒れそうなほど反り返る。ちなみに、ゴブリンは作中最弱のモンスター。初期値の主人公でも撃破できる。ゴブリンの身体から魔石が転がり出ると、フォルト君はドヤ顔でクララ姫に渡した。

「さあどうぞ、クララさん。あなたのために倒しましたよ」

「あ、ありがとうございます……」

二つもいらないと思うが。クララ姫は嬉しそうな顔で受け取った。優しい王女様だ。

「さーって、ディアボロ君。君に聞きたいことがある。ゴブリンを倒したのは誰かなぁ？」

「え」

いきなりなんだ。そんな決め顔で聞かれても困るのだが。というか、お前だろ。たった今自分で倒していたじゃないか。なんでわざわざ聞いて……。

「だ・れ・か・なぁ⁉」

「フォルト君です……」

圧がすごいので答えたら、件の彼は満足気な顔になった。……なにこれ。俺はいったい、何をさせられているんだ。いや、たぶん、クララ姫にアピール……しているのかな。彼女は小鳥に夢中だけど。

「こらっ、僕の邪魔をするんじゃない」

そして、フォルト君は小鳥に嫉妬する。さりげなく手を叩いたりしては、追い払おうとしていた。なんか、原作主人公なのに小物っぽいんだよな。改心のチャンスだって何度もあるはずなのに、うまく活かせてないようだ。

フォルト君がいると魔石採取に手こずりそうだと思ったとき、目の前の草むらがガサガサッと揺(ゆ)れた。角がゴツくて太い、大きな鹿型モンスターが姿を現す。フォルトとクララ姫に注意を促(うなが)す。

「……アーマーディアじゃないか。フォルト、クララ姫、気をつけてください」

こいつはCランク。レベルは30前半だろう。鉱石が主な餌(えさ)で、角や体表は硬(かた)い鱗(うろこ)で覆(おお)われている。鋼鉄ゴーレムほどではないが、物理的強度に優(すぐ)れるモンスターだ。現在の一年生の平均レベル的には、そこそこの強敵だな。クララ姫は厳しい顔つきで立ち上がった。

「ま、また、モンスターが現れましたわっ」

「僕にお任せを！　《聖弾(セイント・ボール)》！」

すかさず、フォルト君は攻撃を放つ。お馴染(なじ)みの白い魔力弾はアーマーディアに直撃(ちょくげき)し、モクモクと煙(けむり)が立った。

「すごいですわ、フォルトさん。また攻撃を外さないなんて」

「どうだ、ディアボロ！　君が何もせずぼんやりと突っ立っているから、僕が先に倒してしまったぞ。いくら学校での成績が良くても、社会に出たら無能！　まさしく、貴族の坊(ぼっ)

ちゃんだなぁ、君はぁ！」

顔もセリフも完全に悪役になっているぞ、フォルト君。彼はよっぽど俺のことが嫌いらしい。

『ゴルル……』

だがしかし、煙の中から当のアーマーディアは現れた。身体の表面に多少の汚れはついているが、ほとんどノーダメのようだ。フォルト君の顔が引きつる。

「ど、どういうことだ……なぜ、僕様の攻撃が効いていないんだ」

端的に言うと、まだまだ弱いからだ。魔力の質を見る限り、あまり鍛錬を積んでいないとみた。Cランクが相手ともなれば、身体と魔力を鍛えないとさすがに勝てない。

危ないから即死させるか、と思ったら、クララ姫が魔法を発動させた。

「今度は私が戦います！　《蔦縛り》！」

『グッ！』

地面から何本ものツタが生えてきて、アーマーディアの身体を縛った。クララ姫は木属性の使い手だ。魔力で植物を操ったり、生成したりして戦う。呪いに侵されてからも、魔法の鍛錬は積んでいたらしい。

彼女の生み出した蔦はアーマーディアを縛りつけて離さず、ギリギリと締め付ける。

『ツルァ！』

「そ、そんな、私の魔法が……！」

アーマーディアが暴れると振り切られてしまった。太い蔦がぽとぽとと地面に落ちる。さすがはCランクのモンスターだ。クララ姫の魔法も強力だが、完全に倒すまでには至らなかった。フォルト君は彼女の手を取ると、一目散に駆け出そうとする。

「クララさん、ここはディアボロに任せて逃げましょう！」

「いえっ、仲間を置いて逃げるわけにはいきませんわっ」

手を引くフォルト君と抵抗するクララ姫。自分勝手な原作主人公様にやや疲れるも、俺はアーマーディアに向き直る。

「大丈夫ですよ、クララ姫。今倒しますから……《闇剣の雨》」

『グァァァ……！』

上空に出現した無数の黒いナイフが、勢い良くアーマーディアに降り注ぐ。闇魔法で生成した魔力のダガーだ。鎧のような硬い鱗を突き破り致命傷を与える。

あっという間に、巨大な鹿は地面に崩れ落ちた。唖然とする二人の仲間。またフォルト君に文句を言われるのかなと思っていたが、その前にクララ姫が拍手喝采で讃えてくれた。

「ディアボロさん、ありがとうございます！　あれほどの強敵を簡単に倒してしまうなんて、あなたの実力は噂以上なんですね！」

「いえいえ、それほどでもありませんよ」

まぁ、アルコル師匠（今はコルアル）の下で必死に修行を積んだからな。さて、クララ姫の呪いも早く解こう。そう思ったとき、フォルト君が彼女の手を強く引いた。

「さあ、向こうに行きましょう、クララさん！　ここにいたら、また新しいアーマーディアが来るかもしれませんよ！　今度は僕がお守りしますから！」

「す、すみません、フォルトさん。魔法を使った後は少し休まないといけなくて……」

クララ姫の都合などまるでお構いなしだ。フォルト君は自分のことしか頭にないらしい。

さすがに二人の間に割って入った。

「おい、やめろよ。クララ姫が苦しそうじゃないか」

「黙れ、ディアボロ！　僕に指図するな！　そんな権利はないぞ！」

「そうじゃなくてだな……」

制止するもフォルト君は聞かない。ついには、クララ姫が胸を押さえて倒れてしまった。

急いでクララ姫の下へ駆け寄る。彼女の身体は黒い痣がより濃く浮かびつつあった。〝落命の呪い〟の発作症状だ。クララ姫は苦しそうな顔で謝る。

「っ……ディアボロさん……すみません、ご迷惑をおかけして……」

「謝らないでください。あなたが悪いわけではないのですから。〝落命の呪い〟は俺が癒します。今すぐ楽にして差し上げますからね」

「い、いくらあなたでも無理ですわ、ディアボロさん……国内の誰も解呪できなかった呪いです……それに、下手したらあなたにも呪いが……」

クララ姫は息も絶え絶えになりながらも、俺の身を案じてくれた。

たしかに、魔族の呪いは強力だが、原作主人公なら解放度★1の回復魔法で癒せた。それほどフォルト君は特別な存在なのだが、今はそんなことはどうでもいい。俺の回復魔法は解放度★10だから、治せると思うんだ。

「大丈夫です。俺のことは気にしないでください」

「僕のクララさんに近寄るな！《聖弾》！」

突然、フォルト君が何発も《聖弾》を放ってきた。ああ、もう埒が明かん。

「すまん、ちょっと気絶していてくれ……！《闇・衝撃波》！」

「……おぶっ！」

黒い光線がフォルト君の頭を射貫く。件の主人公様はぐたりと倒れた。

「ディ、ディアボロさん……今のは……？」

「暴走しているようなので気絶してもらいました」

「そうですか……騒（さわ）がしかったですものね……」

クララ姫もフォルト君はうるさい認識（にんしき）のようだった。妨害（ぼうがい）もなくなったので、心置きなく治癒（ちゆ）できるぞ。

「では、回復魔法を使いますからね。ジッとしていてください」

「せ……先生を呼んだ方が……いいと思うのですが……それに……どんなに有名な医術師でも……治せなかった呪いですよ……危険です」

クララ姫が俺の手を退ける。彼女は治さなくていいと言っているが、そういうわけにはいかない。俺の運命がかかっているのだ。

「いいえ！　あなたの呪いは俺が治したいんです！　お願いですから、俺に治させてください！　死んでも治します！（断罪フラグを回避して安心できる将来を迎えるために！）」

「……ディアボロさん……」

クララ姫は苦しいだろうに、顔を赤らめながら笑（え）みを浮かべる。俺を心配させないためだろうか。とはいえ、先生たちには知らせておくべきだな。緊急連絡（きんきゅうれんらく）用に配られた魔石の板を割る。小さな花火が打ちあがり、救難信号を知らせた。

「それではクララ姫、動かないでください……《闇の癒し（ダークネス・ヒーリング）》！」

「っ！　…………あぁ～ん!!　くぅうっ！　…………くぁあっ！　あっ……はっ……！」

クララ姫は嬌声を上げる。なかなかに大きな声で。森の中で二人っきり（フォルト君は気絶中）というシチュエーションかつ、彼女の恍惚とした表情もあって、いかがわしさがマックスだ。

シエルとマロンに見られたら殺されるな。……別に悪いことは何もしていないのだが、チームが分かれて良かったと思う。

俺が魔力を込めるたび、呪いの痣は薄くなる。やはり、解放度★10まで到達すると、回復魔法もとんでもなく強いらしい。

「ど、どうですか、クララ姫。良くなっている気がしますか？」

「気持ちいいです……」

「……そうですか」

またそんな直接的な表現を。ますますシエルとマロンがいなくて良かった。……いや、別に悪いことをしているわけではなくてだな。

「う……嘘……呪いの痣が消えていきますわ！　今まで誰も治せなかったのに……！」

寝ていたクララ姫は自分の腕や足の変化に気づくと、驚きの声を上げる。黒くて不気味な痣はキレイサッパリ消えた。痣が完全に消えたところで魔法を解除。クララ姫の青ざめていた顔にも血の気が戻る。目にも力が溢れており、呪いは消滅したと考えていいだろう。

信じられない様子で、クララ姫は自分の身体を見た。

「ディアボロさん！　本当にありがとうございます！　あなたは命の恩人ですわ！　なんてお礼を申し上げたらいいのでしょう！」

「あっ、ちょっ、クララ姫！　おやめください！」

回復が終わるや否や、クララ姫は思いっきり抱き着いてきた。シエルやマロンとはまた違った感触。何がとは言わないが。さっきから冷や冷やする場面が続出だな。まぁ、別に悪いことはしていないわけだが。

やたらと強く抱き着いてくるクララ姫を引き剥がしていると、上空から慌ただしい声が聞こえた。

「何事ですか⁉　もしかして、クララさんの容体に何かありましたか⁉」

「おい、何があった。怪我人か？　誰も死んでないだろうな」

アプリカード先生が箒で飛んでいて、後ろにはレオパル先生もいる。二人はシュタッと地面に降りると、真っ先にクララ姫の下へ駆け寄った。

「クララさん、大丈夫ですか⁉　呪いが悪化したんじゃ……！」

「医術師は学園に待機しているぞ。すぐ戻ろう」

慌てた様子の先生たちに、クララ姫は落ち着いた様子で話す。

「大丈夫ですわ、アプリカード先生、レオパル先生。私は問題ありません。いえ、問題ないどころか…………ディアボロさんが〝落命の呪い〟を解いてくれたんです！」

「「!?」」

アプリカード先生とレオパル先生は、驚愕の表情でクララ姫の身体を確認する。しばらく彼女の身体を診ていたが、やがて安心した様子で語った。

「た、たしかに、痣が消えていますね……で、ですが、まさかこんなことがあり得るなんて……これは……まさしく奇跡です。ディアボロさんは奇跡を起こしたとしか言いようがありません」

「ディアボロ……貴様はいったいどれほどの力を持っているんだ……。こんな偉業は〝エイレーネ聖騎士学園〟始まって以来だ。学園長にも報告しなければ……」

二人の先生は、ため息を吐きながら呟く。彼女らの評価も、本来なら原作主人公がもらうはずだったんだよな。悪役の俺が褒められるとは……なんだか不思議な感じだ。

そういえば、フォルト君は大丈夫かな……と思ったとき、当の彼はガバッと目覚めた。

そのまま、先生たちに向かって叫ぶ。

「アプリカード先生！　ディアボロがクララさんを虐めてますよ！　あっ、レオパル先生も！　ディアボロを捕まえてください！」

「フォルト、落ち着け。大声を出すな。クララも驚いている」

「何があったのかわかりませんが、まずは落ち着いてください。ディアボロさんは途方もない偉業を達成したんです」

アプリカード先生とレオパル先生が冷静に話すも、フォルト君は聞く耳を持たない。前世では自分が彼をプレイしていたわけだが、なんか将来が不安になる。

不意に、ガサリ……と何者かが草むらから現れた。こ、今度はなんだ？　ドキドキと心臓が脈打つも、見知った女性だった。深い藍色の髪をした女の子に、ウェーブがかかった栗色の髪の毛の女の子。

「シ、シエル！　それにマロン！」

なぜこの二人がこんなところに。二人は揃って告げる。衝撃的なセリフを。

「静かにあなたの後をつけていたの」

「え」

「私たちがディアボロ様から一時も目を離すわけがありません」

「え」

つ、つまり、クララ姫を癒しているところを見られ……。

「ディアボロ……？　どういうことかしら……？」

「何をされていたのでしょうか……？　私たちの目を盗んで……」

「あ、いや、違うんです！　これは違うんです！　回復魔法を使うと、どうしてもこうなっちゃって……！」

必死にシエルとマロンを宥める。そんな俺に対して、クララ姫は静かに、神様も惚れるような美しい笑顔を向けてくれた。

ピロンッ！　と生まれたハートは、嬉しそうに彼女の周りを飛んでいた。

□□□

「それでは、ディアボロさん。もう一度最初から説明してもらえますか？」

「は、はい、一般的に闇属性で回復魔法を習得するのは不可能とされていますが、極め抜くと習得できるんです。俺は学園入学前の一年間で必死に修行して……」

俺は今、学園の大会議室にいる。周りにはアプリカード先生やレオパル先生を始めとした、たくさんの教員たち。いずれもゲームで出てきた強力な先生の面々だ。

みな俺の話を興味津々に聞くと、一斉に口を開いた。

「闇属性で回復魔法を使う人間を、僕は初めて見た。入学試験から思っていたけど、君には大変に興味を惹かれるね。ところで、回復魔法はどれくらいの魔力を消費するんだい？」

「しかも、こいつは普通に攻撃魔法も使えるからな。聖属性なら話は別だが、闇属性でそんな器用な芸当ができるとは……おい、どんな修行をした？　教えろ」

「私たちは……歴史的な瞬間に立ち会っていると……言わざるを得ません……身体の隅々まで……調べさせてもらえませんか……？」

四方八方から質問が飛んでくる。どうしてこんな罰ゲームみたいな状況にあるかというと……。

「まぁまぁ、皆の者。そんなに詰め寄ってはディアボロが可哀想じゃ。一つずつ教えてもらおう」

長い白髭を蓄えたおじいさんが喋り出すと、先生たちは話すのを止めた。

——クルーガー・ナウレッジ。

史上最強の魔法使いと評される、〝エイレーネ聖騎士学園〟の学園長だ。まさか、この俺がこんな早くに遭遇することになるとは思わなかった。

「ディアボロよ、まずは学園を代表してお礼を言わせてもらうぞよ。よくぞ、クララ姫を救ってくれた」

「あ、いえ……」

そう、俺がクララ姫の〝落命の呪い〟を解呪したからだ。単なる回復魔法を使っただけだが、原作以上の大事になってしまった。俺の前評判もあったせいだろう。

クルーガー先生は口髭を撫でながら話す。

「クララ姫が受けた呪いは、今までの呪いとはまるで性質が違う。国中のどんな魔法使いでも医術師でも治すことはできなかった。このワシですらな……………いったいどんな魔法を使ったんじゃ？」

子どもに絵本の読み聞かせをしているような穏やかな口調だ。だが、その目からはあらゆる謎も異変も見逃さない気迫が伝わる。あまりの緊張感にごくりと唾を飲んで答えた。

「ふ、普通の回復魔法です」

「……あれが普通とな？　ワシから見たら普通とはとても言えんがの。やっぱり、お主は面白いヤツじゃ」

クルーガー先生はホッホッホッと笑うが、アプリカード先生にはきつく問い詰められる。

「真面目に答えてください、ディアボロさん。私たちは誰も〝落命の呪い〟を癒すことはできませんでした。教員たるもの、あなたが何をしたのか知っておく必要があるのです。それくらいはわかるでしょう？」

黒髪の痩せたイケメン――リオン先生だけは優しい笑顔を向けてくれるものの、他の先生たちも、みんな厳しい表情だ。特に、スキンヘッドの軍人みたいな男性——エネルグ先生がめっちゃ怖かった。俺は深呼吸し、攻略サイトに書いてあった内容を話す。

「ま、まず、〝落命の呪い〟は魔王が封印された後に生まれた新世代の魔族が開発した呪いです。そのため、従来の術式では癒せないのです。ですが、闇属性を極めることで習得した回復魔法は、問答無用で癒す力があります」

前世知識様様だ。入院生活でゲームをやり込んだおかげだな。先生たちはみな、興味深そうに聞いた。しばらく無言の時間が過ぎたかと思うと、クルーガー先生が呟いた。

「まさか……〝落命の呪い〟が新世代の呪いとはワシも知らんかったぞ。最近、魔族の情勢を探るのも困難になってきたからの。これは大変貴重な情報じゃ」

その言葉を皮切りに、先生たちは各々相談し合う。

「学園長、さっそく王宮に報告しましょう。騎士団にも進言した方がよろしいかと。調査態勢も変えた方がいいはずです」

「まさか、魔族が新しい呪いを開発していたとは俺も思わなかったぜ。まったく、小癪なヤツらだ」

この世界では、魔族と人間は敵対関係にある。封印された魔王を完全に倒せるような人材を育て、人類と魔族の争いに終止符を打つ——それが、〝エイレーネ聖騎士学園〟の大きな目標だ。まぁ、本来ならフォルト君がその人材となるわけだが、大丈夫かな。なんか色々危なっかしいし……。

そのようなことを思っていたら、クルーガー先生に問いかけられた。

「ところで、ディアボロ。お主は何でそんなことを知っているんじゃ？」

「……え？」

「さっきも言ったが、新世代の魔族などワシですら聞いたこともなかった。一応、こんなんでも学園長だからの。情報収集にはそれなりの自負があるのじゃが……」

会議室にいるみなさんが一斉に俺を見る。

――な、なんて言えばいいんだ？

実際に魔族の情報を調べたわけではない。攻略サイトを見ただけだ。しかし、ネットで見た攻略サイトがうんぬん……とかは、口が割けても言えない。転生したことが知られたら、肉体がバラされる気がする。丸眼鏡をかけたボサボサ頭の女の先生――サチリー先生に。し、仕方がない、適当に誤魔化せ、ディアボロ！

「ま、まぁ、何と言いますか、神のお告げがあったというか夢に見たというか……」

「「なに!?」」

適当に言ったら、先生たちの顔つきが変わった。

「神のお告げ……!?　夢に見た……!?　まさしく、伝承の通りじゃないか……!?」

「マジかよ……じゃあ、あいつが……」

「もしかしたら、彼が五大聖騎士の末裔なのでは……」

先生たちは相談を始めるわけだが、小声でよく聞き取れない。いや、伝承とか末裔とか一部の単語が聞こえる。なんか、どこかで……あっ！

ゲームの記憶を思い出した瞬間、心臓がドキリと脈打った。

――さっきのはフォルトが言うセリフだ。

そうだよ、原作ではクララ姫の呪いを解いた主人公は、今の俺みたいに会議に出席する。そこで、神のお告げだとか夢に見たとか話して、彼の真の素性が徐々に明らかとなるのだ。

も、もしや、これは……。

――……またシナリオぶっ壊しちまった？

ごめん、フォルト君。でも、わかってほしい。しょうがなかったんだ。

何はともあれ、さっさと退散しよう。

「あ、あの～、もう帰ってもよろしいでしょうか。すみません、ちょっと疲れてしまいまして……」

「ああ、そうじゃの。少々引き留めすぎてしまったわい。試験でお疲れのところ悪かった。

今日はもう休んでくれ」

話が大きくなる前に撤退する。そそくさと出口へ向かった。先生たちの視線が突き刺さるが、後ろは見ないようにしよう。

「ちょっと待ってくれ、ディアボロ」

「はい、なんでしょうか」

扉に手をかけようとしたとき、クルーガー先生に呼び止められた。まだ何か質問があるのかな……と思うも、まったく予想と違う話をされる。

「夜の方もほどほどにしておくんじゃぞ。あまり若いうちからはっちゃけると後がキツいからの。若者が思うより、人生は長いのじゃ」

「…………え？」

「健康的なのは良いことじゃが、夢中になって学業が疎かにならんようにの」

笑いを堪える先生たち（アプリカード先生以外）。その反応を見ていると、じわじわと心が焼け焦げていく。

――クルーガー先生にまで知られていたのか？　毎晩の営みを……？　俺の痴態を……？

「う…………うわあああああ！」

恥ずかしさに身を焦がしながら、大会議室を後にする。走っても走っても羞恥心が消えることはない。ただ一つ、俺は強く強く決心した。

――少なくとも今日は営みをご遠慮願いたい！

□□□

「さて、ディアボロ。わかっているわよね？」

「勝手に女の子……しかも王女様に手を出すなんて……嬉しそうな声まで上げさせて……」

「ち、違うんだ！　あれは違うんだって！　回復魔法を使うと、どうしてもああなっちゃって！」

ついさっき決心したばかりなのに、さっそく貞操の危機にあった。腕と足をベッドに縛られ、身動きがとれない。身に纏うは頼りないタオルが一枚だけ。

「何回で搾り切れるかしら」

「どちらが先が勝負しましょう、シエル様」

「待っ……！　二人はまずい……！　んはぁっ……！　あああ～！」

外にはアプリカード先生がいそうな気がしたが、耐えかねて嬌声を上げてしまった。右から左から押し寄せる快楽の波。抗えるはずもなく、胸の底から吐息が漏れる。

今日もまた、俺は朝まで眠れないのであった。

【間章：白馬の王子様（Side：クララ）】

私はエイレーネ王国の王女として、この世に生を受けた。優しい両親や周りの人に囲まれ、幸せな日々を送っていた。そう、あの日までは。

数年前、私は魔族に襲撃され、呪いを受けてしまった。

――〝落命の呪い〟。

全身に刻まれた黒い痣のような紋様。日に日に私を苦しめる。どうにか症状を抑えるのが精いっぱいで、あらゆる回復魔法や秘薬を使うも、終ぞ治ることはなかった。呪いを受けてから、私の毎日は暗い。考えないようにしても、呪いのことを考えてしまう。

死が少しずつ色濃くなる感覚……。気のせいか、目に映る景色は全て灰色に見える。とうとう専属の医術師から、あと半年程度の命だろうと告げられた。ショックを受けなかったと言えば嘘になる。でも、私は心のどこかで覚悟していた。死は目前だろうと。

――学園に入学したのは、人生の思い出を残すため。

せめて、人生の最期は楽しい時間を過ごしたかった。そのような、ある種の諦めを抱きながら入学すると、彼に出会った。あの暴虐令息ことディアボロ・ヴィスコンティに。

呪いを受ける前、彼に関する悪い噂をいくつか聞いた。他人の家のことながら憤りを感じはしたものの、やがてその認識を改めることになる。

使用人への態度を改善し、魔法の修行をし、メイドの病や婚約者の怪我を治した……などなど、前評判からは想像もつかない善行の数々を聞く。しかも、グランデ公爵が直々に話しているのだ。鉄仮面とも評される本人だが、ディアボロさんを語るときの彼は嬉しそうだ。言葉の端々には自慢が滲む。呪いに侵されつつも、〝エイレーネ聖騎士学園〟に通うのが、ディアボロさんに会うのが楽しみになった。

それからしばらくして、待望の学園に入学した。先生たちは言わずとも、呪いは私の身体を深く蝕み、もう先が長くないとわかっている。だとしても、私は最期まで精一杯生きたかった。暗い気持ちを隠しながら自己紹介をした後、ある男の人の声が教室に響いた。

「クララ姫の病気を俺に治させてもらえませんか？」

ディアボロさんだ。あろうことか、私の呪いを治したいと言った。いや、言ってくれた。

国中の医術師が諦めた呪いなのに……。いくら優秀な学園の生徒と言っても、まだ学生だ。治せる力があるとは思えない。でも、冗談で言っているような雰囲気は感じなかった。

――会ったこともない私の病気を、こんなに真剣に治そうと考えてくれているんだ。

ただその気持ちが嬉しかった。彼はしばらく粘っていたが、アプリカード先生に断られ引き下がった。その後、私はディアボロさんとフォルトさんと同じチームを組んだ。

試験で森の中を探索する中、巨大な鹿のモンスターが現れた。今の私たちに倒せる相手ではない。フォルトさんの攻撃は弾かれ、私の魔法も破られる。でも……ディアボロさんだけは違った。見たこともない魔法を使って、一瞬で倒してしまった。

やっぱり、改心して努力を積んだという噂は本当だったんだ。感動したけど、呪いの容態が悪化して立っていられなくなった。私は死を覚悟したけど、ディアボロさんは決して諦めなかった。彼の真剣な顔を見たとき、私は確信した。

――ディアボロさん……あなたが私の王子様だったのですね。

昔、絵本で読んだ白馬の王子様。いつか私の下にも来てくれるかな、と乙女心にワクワクした。ディアボロさんがそうだったのだ。〝落命の呪い〟は、一瞬で消滅した。国中の高名な医術師に診てもらったり、貴重な秘薬をどんなに使っても治らなかった呪いが、たった一瞬で……。

――ディアボロさんは、私が思う以上に特別で素晴らしい人だった。

きっと、私が学園に入学したのも彼に会うためだ……運命を感じる……。でも、ディアボロさんはすでに婚約している。シエルさんと。二人の仲を引き裂くことはできない。できないけど、私の運命の人はディアボロさん。この事実を曲げることもまたできない。しばし考えたら、名案を思いついた。

——王国の法律を一夫多妻制に変えてしまえばいいのでは……？

これなら誰も傷つけない……気がする。そもそも、私は王女なのだから、法律だって好きに変えられる。そうと決まったら、色々と妄想が捗ってきた。

まず、ディアボロさんに恩返ししないといけない。呪いを癒してくれたこともそうだけど、彼の回復魔法は私に喜びを与えてくれた。となると、お尻に〇▲×◆※をして、縄で■※●▽※◎をして、それから……。

【第九章：親善試合】

目の前にいるのは、黒い衣に身を包んだ男。背は高く顔も大人びている。金髪から覗く青緑の瞳は、勝ち誇った様子で俺を見ていた。

「お前があの暴虐令息――ディアボロ・ヴィスコンティか。まさか、この島にやってくるとはなぁ。おい、どんなズルをしたんだ？」

「何もズルはしていない。学園からの正当な評価だよ」

「へっ、どうだかな。努力嫌いで有名じゃなかったか？　ここはお前みたいな世間知らずのガキが来るところじゃねえぞ」

「戦ってみればわかるさ」

辺りの空気はピリピリと張り詰める。俺のことを激しく見下すくせに、男は魔力を密に練り上げた。

「《多蛇水の集い》！」

男の周りの空間に穴が開き、大量の蒼い蛇が飛んでくる。水属性の魔力で生成された蛇だ。右から左から、上から下から……死角なしの攻撃が襲い掛かる。この攻撃だけで、彼が腕の立つ魔法使いだとわかった。精錬された魔力は澱みないし、攻撃が空中で消えてしまうこともない。これだけの攻撃は魔力の消費量も多いだろう。

だが、俺の魔法なら十分に対処できる。手の平を男に向けた。

「《闇光線の多連撃》！」

「な、なに⁉」

俺の手から無数の黒い光線が放たれ、全ての蛇を撃ち落とす。バシャバシャと水が落ちる音がし、辺りには静寂が戻った。男の顔から余裕が消え、焦りが生まれる。

「な、なんだよ、その魔法……今のは俺が三ヶ月かけて習得した魔法だぞ……休み時間も自由時間も削って練習したのに……」

「こっちは朝から晩まで、血反吐を吐くような修行を一年した。それだけの話さ」

即座に猛スピードで走り、男の背後に回り込む。

「強手刀！」

「うぐっ……！」

俺の華麗なる手刀を食らい、男は地面に崩れ落ちた。戦闘を見ていたかのように、ベストタイミングで手の紋章から声が聞こえる。

〔ジャメル・キノン……ダウン！〕

現在、俺たちは〝オートイコール魔法学園〟との親善試合の真っ只中だった。だだっ広い無人島――通称、〝試練の島〟が舞台だ。〝エイレーネ聖騎士学園〟から、船で一週間くらいの距離かな。この試験はサバイバル形式。最後に立っていた一名が優勝だ。それまではチームを組んで戦ってもいいし、個人同士で戦ってもいい。

例年通りというか、恒例というか、なんとなく〝エイレーネ聖騎士学園〟対〝オートイコール魔法学園〟の構図になった。まだ試験が始まって一時間も経っていないが、すでに島の各地は戦闘状態だ。今も地鳴りが聞こえたり、地面から爆発の振動が伝わったりした。

――さて、さっさとこいつを動かすか。

ジャメルを木陰に移し、一旦草むらに隠れる。いつしか、俺は戦闘を反芻する癖がついていた。

――それだけの話さ。

我ながらカッコいい決めゼリフだと思う。……これからも使うか。心の中で決めゼリフリストを更新していると、手の紋章から声が聞こえた。

〔ニコラ・ボルナレフ、ケイシー・シュミット……二名ともダウン！〕

どうやら、また誰かが〝オートイコール魔法学園〟の生徒を倒したらしい。誰だ？　と思う間もなく、上空からはシエルが、正面の木陰からはマロンが現れた。

「その人を倒したのね、ディアボロ。上空で見ていたけど、やっぱりあなたの魔法は格別だわ」

「私はまだまだ足元にも及びませんね。さっきだって、少々手間取ってしまいました」

服は汚れているものの、大きな怪我はなさそうだ。二人の高い実力を改めて感じるが、やはり断罪フラグは気になる。

「いやいや、二人ともすごいじゃないか。初めて来た場所なのに冷静に戦えて。怪我とかしてない？　（断罪フラグが復活してませんように！）」

「ええ、大丈夫よ。ディアボロって……本当に優しいわね。惚れ直しちゃう……」

「私も問題ありません。ディアボロ様は……優しさの権化でございます……」

二人の顔には赤らみが増し、笑顔があふれる。……熱はないよな？　毎回心配になるのだが。

不安に思うもつかの間、シエルとマロンはどちらが早く敵の生徒を倒したかで討論を始めた。

「そういえば、マロンさんより私の方が早く倒したわよね」

「いえいえ、私の方が早かったですよ。ほんの少しだけですけど」

「な、なんで、二人は張り合っているのかな？」

嫌な予感を覚え、戦々恐々と尋ねる。

「「勝った方がディアボロ（様）を独り占めできるの（です）」」

「ふむ……」

これもまた恒例というか、いつも通りというか、干からびる日々が続きそうだ。

親善試合のメンバーは、全部で六人。俺たちの他は、バッドとデイジー、そしてフォルト君。ちなみに、アルコル師匠……じゃなくてコルアルは、選ばれていたのになぜか辞退した。やはりシエルたちも疑問に思っているようだった。

「それにしても、コルアルさんはどうして辞退したのかしらね」

「わかりません。私も彼女と戦うのが楽しみだったんですが」

きっと、島なんて娯楽のないところには来たくなかったのだろう。アイスもないだろうし。無人島だから。まぁ、そのおかげでフォルト君は繰り上げで選ばれたわけだが。

フォルト君は色々とやらかしてはいるが、意外と模擬試験の結果は上位なんだよな。そのとき組んでいた仲間が優秀なのかもしれないが。

シエルたちと今後の立ち回りについて相談をする。

「これからどうする、ディアボロ」

「そうだな～……せっかくだからみんなで行動する？　まだ全体の状況も掴めていないし」

「賛成です。最後はこの三人で戦いたいですね」

一旦共同戦線を張ることにして、俺たちは歩を進める。他のみんなはどこにいるんだろうな……と思ったとき、前方から強い魔力を感じた。とっさに、シエルとマロンをかばう。

「危ない！　下がれ、二人とも！」

「「なっ！」」

激しい雷が俺たちの目の前の地面を抉る。状況を把握する間もなく、木陰から数人の女生徒が現れた。黒い制服に身を包んだ三人組。いずれも険しい顔つきで、俺たちを睨む。中でも、中央に佇む女性の存在感がヤバい。

風に舞うは鮮血のように鮮やかな赤色の髪。金色に輝く瞳は力強く、睨まれただけで背筋が凍えるようだ。身体に至っては、男の冒険者にも負けないくらいガタイがいい。他にも〝オートイコール魔法学園〟の生徒がいるというのに、彼女しか見えないほど、吸い込まれるような気迫だった。

魔力で生成された巨大な槍が、歴戦の猛者のようなオーラを放つ。中央の女性は槍を持ち直すと、低い声で告げた。

「久しぶりだな、ディアボロ・ヴィスコンティ。ここで死ね」

このイベントにおける最重要人物、新たなるメインヒロイン――ソフィー・バリンスカが現れた。エイレーネ王国の北東を守る、バリンスカ辺境伯の娘だ。

ソフィーは汚物を見るような目で俺を睨み、再度通告した。

「ここで死ね、ディアボロ・ヴィスコンティ。大事なことだから二回言わせてもらった」

やはり、過去の悪行が未だに尾を引いているようだ。過去の所業を考えると、恨まれるのも無理はない。俺は納得していたが、シエルとマロンはキツい視線をソフィーに送った。

「あの人何かしら。やたらとディアボロを敵視するけど」

「ディアボロ様に向かって死ねなんて、とても聞き捨てなりません」

二人は魔力を練り上げる。その様子を見て、ソフィーたち三人組もまた魔力を練る。一触即発の空気だ。すぐにでも戦いが始まりそうだったが、その前に言っておきたいことがあった。

「全部、俺が……昔の俺が悪いんだ。俺が彼女を深く傷つけた……」

「「え……？」」

呟くように言うと、シエルとマロンは驚いた様子で俺を見る。反面、ソフィーはニヤリとした笑みを浮かべた。

「ふん、覚えていたか。ならば、私がどれだけ貴様のことを恨んでいるかもわかるだろう」

「ああ、痛いほどわかるよ……」

俺と彼女は八歳の頃に初めて出会い、数週間ほど一緒に過ごした。きっかけは辺境伯領で開かれたパーティーだったと思う。

ソフィーは今でこそ筋骨隆々の女性だが、昔は非力な少女だった。俺は立場と体格の差を利用して、ソフィーをいじめ抜く。しまいには、「そんなに弱くては辺境伯を継ぐ資格などない、夢を見るな。〝空想女〟が」と吐き捨てた。厳密に言うと俺ではなくディアボロがやったことだが、とても他人事のようには考えられない。

俺はもう……ディアボロなんだ。

「私はディアボロに〝空想女〟と言われたことを今でも覚えている。そのとき負った心の痛みもだ。だから、いつか貴様を打ちのめすために修行を重ねてきた。貴様に勝ち、辺境伯を継ぐに値すると証明してやろう」

ソフィーの言葉は俺の心を鋭く抉る。彼女は……生まれつき心臓が悪い。あの一件があって以来、ソフィーは無理に修行を積んできた。心臓が悪いのに、それこそ自分を追い詰めるような修行だ。

結果、類まれな魔力と身体能力を得たが、身体はボロボロになってしまった。今も涼しい顔をしているが、本当はすぐにでも横になりたいはずだろう。ソフィーはシエルとマロンにも語りかける。

「ディアボロの近くにいる二人の女に告げる。今すぐその男から離(はな)れろ。何をされるかわかったものではないぞ」

「「……」」

俺とソフィーの過去を聞いても、隣(となり)の二人は何も言わない。ただ下を向くだけだ。その様子を見るだけで、俺の心は暗くなる。

――幻滅(げんめつ)……しただろうな、二人とも。

いくら改心したとはいえ、過去は変えられないのだ。俺がソフィーを傷つけたのは、れっきとした事実……。

「でも……ディアボロは変わったわ！」

静寂を切り裂くように、シエルの声が森に響いた。ソフィーの眉(まゆ)が訝(いぶか)しげにピクリと動く。

「変わった……？」

「そうです！　ディアボロ様は変わられたんです！　今では誰よりも優しくしてくださいます！」

今度は、マロンが前に出て叫んだ。シエルもマロンも、俺を庇うように手を広げる。ソフィーは厳しい表情のまま、疑問を口にする。

「お前たちは何者だ?」

「私はシエル・ディープウインドゥ。ディアボロの婚約者よ」

「私はマロンと言います。ディアボロ様のメイドです」

二人の返答を聞くと、ソフィーは怪訝な顔となった。

「婚約者にメイドか……なら、そいつの暴虐ぶりは十分知っているだろう。その男は性根まで腐っているんだ」

「「いいえ」」

シエルとマロンは、揃って否定の言葉を口にする。真正面からソフィーを見て話す。

「たしかに、過去のディアボロは最低最悪だったわ。自分のことしか考えないし、暴力だって簡単に振るう。挙句の果てには、私の足の自由を奪った」

「私も昔はディアボロ様に苦しめられました。咳が止まらないのに埃っぽいところで作業させられたり、わざと冷水をかけられたり……正直、命の危機を感じたほどです」

ソフィーは黙って聞いていたが、やがて重い口を開いた。俺を指差して言う。

「だったら、お前らもそいつを恨んでいるはずだ。その暴虐貴族を……」

さも当然のように告げられた言葉に、俺の大事な仲間たちは真っ向から対抗してくれた。

「でも、今のディアボロ様は違います。過去の行いを謝罪し、私の病気を治すために血の滲むような修行を積んだのです」

「私の足だって、彼が治してくれた。おかげで歩けるようになったの」

「だから、何だと言うのだ。そんな話信じられるか」

ソフィーの顔は厳しいままだ。信じられないのも無理はない。俺は暴虐令息だったのだから。どうやったら信じてもらえるか……と考えたとき、シエルが静かに告げた。

「ディアボロは、闇属性で回復魔法を使えるまでに修行したのよ」

「な……に……？」

回復魔法の話を聞くと、ソフィーは驚きの声を出す。とうてい、信じられないようだ。

「私も今のあなたと同じくらい驚いたわ。でも、真実なの。あなたほどの魔法の使い手なら、その苦労がどれほどかわかるでしょう」

「……」

ソフィーは黙って俺たちを見る。事の真偽を推し量るような視線だった。俺は必死になって頼み込む。

「ソフィー、謝らせてくれ。本当に悪かった。人の気持ちも事情もわからない馬鹿なクソガキだったんだ。そして……願わくは、君の病気を俺に治させてほしい。俺に責任を取らせてほしいんだ。この通りだ……頼む」

　数時間にも思える沈黙の後、ソフィーの淡々とした声が耳に届いた。

「……いいだろう。私を負かしたら、闇属性の回復魔法とやらを使って構わない。だが、私が勝ったら貴様は二度とその面を見せるな」

「ありがとう、ソフィー……チャンスをくれて」

「私は逃げも隠れもしない。正々堂々と真正面から挑んでこい！」

　ソフィーは槍を握り、力強く構える。覇気と魔力が迸り、俺の頬にピシピシと当たった。

　原作では主人公はソフィーに勝てない。いわゆる、〝負けイベント〟だ。だが、そんなことはどうでもいい。俺の問題は俺が解決する！

「行くぞ、ソフィー！　俺は勝って君の病気を治す！」

「さあ来い、ディアボロ！　叩きのめしてくれる！」

　全身に力を込め、勢い良く走り出す。それが合図かのように、シエルもマロンも各々の敵と戦いを始めた。俺の目の前にはソフィーだけ。正真正銘の一騎打ちだ。

「《闇の剣》！」

　魔力で剣を生成。ソフィーは遠距離攻撃も強いが、近距離戦がメインだ。きっと、この勝負はただ勝つだけではダメだ。彼女の得意な領域で勝ってこそ、真の勝利になるのだと思う。

「《雷撃刺突》！」

ソフィーの間合いに入った瞬間、雷をまとった槍が襲い掛かってきた。修行を積んだ今でさえ、注意深く見ていないと追いつけないスピードだ。剣で刃先をいなして懐に飛び込む。たったそれだけで、先ほど戦ったジャメルの蛇とは、比べ物にならない魔力の質と重さを感じた。

槍の一撃を凌いだ直後、俺は勢いよく剣を振り下ろす。

「くらえ！　薙ぎ一閃！」

「あまいぞ」

隙をついたはずだったが、ソフィーは即座に体勢を整えて防いだ。槍の柄の部分で俺の剣を受け止める。見た目通りのすごい筋力だ。

「《雷気の閃光》！」

「くっ……！」

ソフィーの槍が光り輝き、視界が真っ白になる。彼女の得意技の一つだ。視界を奪ってひるませてから、槍の一撃で仕留めるつもりだろう。眩しさに思わず目をつぶったが、魔力は探知できている。俺の喉元めがけ、彼女の槍が襲い来る……！

「……驚いたぞ、ディアボロ。この攻撃を防いだのは貴様が初めてだ」

「必死に修行してきたからな。……君の病気を治すために（ひいては断罪フラグを回避するために）！」

光が収まり目を開けると、ソフィーの槍はすぐ目の前で止まっていた。俺の剣が受け止めているのだ。ソフィーの魔力の練度は素晴らしいが、俺も修行を積んできたんだ。

「修行したというのは認めてやろう。嘘じゃないようだ。だが、この勝負に勝つのは私だ」

「俺だって負けるつもりはない。死んでもソフィーの病気は治す！　（じゃないと本当に死ぬから！　俺が！）黒風の舞！」

「な、なに……!?」

足払いし、彼女の体勢を崩す。鍔迫り合いのような状況にあったら、誰でも足元が不注意になる。槍の柄を剣で強打し、彼女の手から落とした。地面に倒れたソフィーの喉に剣を突きつける。

「俺の勝ちだ、ソフィー」

「私の……負けか。まさか貴様に負けるとはな。……自分の努力不足が恥ずかしくて仕方がない」

　ソフィーは力なく笑う。その瞳には、一滴の涙が零れた。ちょうどシエルとマロンの勝利も決まったようで、森には少しずつ静寂が戻る。ソフィーは諦めた様子で言葉を続けた。

「さあ、勝敗は決した。とどめを刺せ」

「いや……本当に悪かった……。謝ったから何だと言うかもしれないが、謝らせてほしい」

　魔力の剣を消滅させ、頭を下げた。ソフィーは地面に倒れたまま何も言わない。彼女の視線が頭に刺さるのを感じる。

「……ディアボロ、何をやっている？」

「見ての通り、謝罪の意を示しているんだ」

「……謝罪？」

　ソフィーの顔は見えないが、怪訝な顔をしているのはわかった。

「俺が君を傷つけた事実は変わらない。でも、謝らずにはいられないんだ。俺のせいで、君は心臓が悪いのに無理な修行を積んだんだよな。今も本当は胸がすごく痛いはずなんだ」

「なんでそんなことまで……！」

「俺はソフィーのことなら何でも知っているよ。……だから、俺の回復魔法で治させてほしい」

　これも全部、前世で得た知識だ。原作なら、主人公に彼女が直接話す。ソフィーはしばしの間考えていたが、やがて静かに言った。

「……どうやら、何でもお見通しのようだな。わかった。勝負にも負けたことだし、貴様の提案を受けよう」

「ありがとう、ソフィー」

ソフィーはスッ……と立ち上がり、俺の正面に佇む。彼女がくれたチャンスを無駄（むだ）にはできない。俺は深呼吸し、ソフィーの胸元（むなもと）にそっと手をかざした。

「《闇の癒し（ダークネス・ヒーリング）》！」

「ぐっ……！」

黒くて淡（あわ）い光が、彼女の胸を包み込（こ）む。ソフィーの心臓を癒してくれ！　魔力を込めるたび、ソフィーの顔には赤らみが増してきた。な、なんだ？

「くぁっ……あああ～ん！　いやぁあっ！　ダ……メェ……！」

その力強い見た目からは想像もつかない、艶（あで）やかな声が森に響く。ふ、ふむ、ギャップもあって想像以上になまめかしい様子で……ちょっと待て！　ギギギ……と後ろを見る。

「「……ディアボロ（様）？」」

「あああああー！　違（ちが）うんですううう！　回復魔法使うとこうなっちゃうんですううう！　本当にソフィーの病気を治したかっただけで他意はありません！　どうか……どうか、お許しをおおお！」

「「ソフィー（さん）のことなら何でも知っている……？」」

「あああああ！」

シエルとマロンに、ジャンピング土下座なんて通じない。その程度ではダメなのだ。心の底から誠意を見せなければならず、結局、超絶奉仕の約束をして波乱の親善試合は幕を閉じた。

□□□

「おめでとう、ディアボロ・ヴィスコンティ。貴殿がトップだ」

「おめでとうございます、ディアボロさん。我が校に恥じぬ成績ですね」

「あ、ありがとうございます」

二人の先生から小さなトロフィーを貰う。一人はアプリカード先生、もう一人は黒髪を編み込んだ女性の先生――〝オートイコール魔法学園〟のオリーブ先生だ。

俺は今、親善試合が終わり表彰式を迎えている。あの後シエルとマロンと勝負をしたが、俺が勝ち、また一位になることが決まった。バッドやデイジーは〝オートイコール魔法学園〟の生徒と同士討ちで、フォルト君は崖から落ちたとかで知らないうちに脱落していた。

オリーブ先生が微笑みを浮かべながら褒めてくれる。

「人は変わろうと思えば変われるものだな。まさか、あの暴虐令息がこれほどまでに変わるとは。ソフィーの病気を治してくれたことも礼を言わせてもらう」

「彼は昼より夜の方が好きみたいですけどね」

「あはは……すみません……」

アプリカード先生のコメントには苦笑せざるを得ない。

結局、ソフィーの病気は無事に治った。もう自由に動いて大丈夫だと、医術師たちのお墨付きも貰えた。彼女が健康的に過ごしていくことを祈ろう。チラッとソフィーを見たら、視線を外された。代わりに、俺を覗き込むアプリカード先生と視線があった。

「やはり、ディアボロさんは美女が気になるようですね」

「いいえ、違います！　違います！　本当に違いますんですみません！」

謝罪を重ねシエルたちの列に戻る。今度は婚約者とメイドのプレッシャーが待っていた。

「ディアボロは可愛い子好きだもんね。王女様のときもそうだったし」

「そろそろ、私たちのことを思い出してもらわないといけませんね」

「すみません、許してください！　ちゃんと覚えています！　超奉仕するんでぇ！　（小声)」

「「それならまぁ……」」

　頬を赤らめる二人と、凍(い)てついた視線を向けてくるアプリカード先生。……無事に今晩を越(こ)せるかな。帰りの船を耐え、生きて学園に帰れるか不安になってきた。

　表彰式はすぐに終わり、帰る時間となる。〝オートイコール魔法学園〟の生徒と別れを告げる。みな、自分が戦った相手と握手(あくしゅ)を交(か)わしていた。俺もまた、ジャメルと握手する。

「ディアボロ、今回は俺の完敗だ。だが、次会ったときは俺が勝つからな。もっと修行して強くなってやる」

「ああ、また戦えるのを楽しみにしているよ」

　ジャメルと戦ったのは一瞬だったが、それでも印象深い時間だった。ソフィーにもきちんと別れを告げたかったが、彼女は俺と距離を取っていた。やっぱり、すぐには仲良くできないか。諦めて船に乗ろうとしたときだ。

「ディアボロ……」

「ん？」

　ソフィーが俺を呼び止めた。振り返るも、彼女は何も言わない。何だろうと思っていたら、彼女は俺にしか聞こえないような声でそっと呟いた。

「……ありがとう」

「ああ……元気でな」

ソフィーの顔からピロンッ！　とハートが生まれる。俺は穏やかな気持ちになりながら、固い握手を交わした。彼女の手は温かく、力強さと頼りがいを感じた。

手の平に温かな余韻を残したまま、俺は船に乗り込む。

□□□

「くっ……ああっ！　ま、待って、それはまず……ぅぅあ！」

狭い室内に俺の嬌声が響く。ここは帰りの船の一室。さっそく、俺はシエルとマロンの責めを受けていた。

「これくらいで音を上げるなんて情けないわよ、ディアボロ」

「もっと耐えてください。それでも公爵家の次期当主ですか？」

「だ、だって、そんっ……なこと言ったって……ああ～！」

部屋の外からアプリカード先生の咳払いが聞こえたような気がするが、二人はお構いなしに攻めまくる。シエルとマロンは同率の順位だった。なので、独り占めはなくなったと安心していたら、二人一緒になっちゃった。
〝エイレーネ聖騎士学園〟まではおよそ一週間。……どうしよ。

【間章：変化（Side：ソフィー）】

ディアボロ・ヴィスコンティは私の敵だ。憎むべき敵だ。そう思っていたのにどうだ。九年ぶりにあったあいつは、まるで別人のように変わっていた。

頭を下げ、私に謝罪した。過去、とてもひどいことをしてしまったと。この男は何を言っているんだと、初めは思った。ディアボロは、謝罪や懺悔から最も遠い位置にいる男だ。何にせよ、私がディアボロを許すことなどない。口先だけならいくらでも言えるのだ。

そう思っていたら、とある声が私とディアボロの間に響いた。

ディアボロの婚約者を名乗る女と、メイドを名乗る女。いずれも、あいつから虐げられていたらしい。だが、今では心から慕っているようだ。

……とても信じられない。あの暴虐令息を慕う人間がいるなんて。さらには、ディアボロは闇属性で回復魔法を習得したとまで聞いた。それこそあり得ないことだ。私は決して信じられなかったが、後にそれは真実だと認めることになる。

ディアボロは私の病気を治すため、真正面から立ち向かってきた。あいつの勇気は素晴らしく、実力も飛び抜けていた。私の攻撃にひるまず、私の身体を地面につけさせた。憎き敵を倒すために、私は必死に修行を積んできた。だが、ディアボロはそのさらに上を行っていたようだ。実力の差は認めなければならない。

そして……私はディアボロの回復魔法を受けた。心の中は疑念でいっぱいだったが、黒い淡い光が胸を包んだ瞬間、全身に心地よい電流が走った。同時に、胸が楽になっていった。不気味な鼓動は鳴りを潜め、自由に深呼吸できる。

——本当に……治したのか？

学校の医術師たちにも診てもらったが、心臓は完治していた。ディアボロは想像以上の人物だった。謝罪を受け、心臓を癒され……私の胸にこびりついていたわだかまりが消えていくのを感じる。今思えば、私は心のどこかで決着をつけることを願っていたのだろう。

——ディアボロ……お前は永遠に私に仕えろ、永遠に私に仕えるのだ。

大事なことだから二回言わせてもらう。たしかに、ディアボロが過去に行った事実は消せない。だが、お前は自分の努力と真摯な思いで、帳消しどころか釣りが返るほどの事実をもたらした。はっきり言って見直したぞ。さらに、また新たな思いが生まれた。

——私の手元に置いておきたい。

お前は〝エイレーネ聖騎士学園〟へと帰るが、今回だけは見逃してやる。

次、ディアボロに会うのが今から楽しみだ。

【第十章：前期終了祝い】

「前期終了……おめでとうー！」

「「おめでとう（ございまーす）！」」

みんなで乾杯し、グラスを呷る。冷えた林檎ソーダが気持ちよく喉を伝った。

ここはヴィスコンティ家のリビング。テーブルの上には、たくさんの菓子や食べ物が並ぶ。隣にはシエルとマロン。部屋の中には笑い声が絶えない。俺たちは今、前期終了を祝っているのだ。

「結局、ディアボロが最後まで独走していたわね。一度くらい抜かせると思ったのに」

シエルが悔しそうに、それでいて嬉しそうに言うとマロンも賛同した。

「私もまったく敵いませんでした。もっと努力しないといけませんね」

「いやいや、二人だってすごく良い成績だったじゃないか」

前期の最終成績は一位から、俺、シエル、コルアル、マロン、デイジー……の順番だった。アプリカード先生が引きつった顔で褒めてくれたな。コルアル（アルコル師匠）は本気出せばもっと高順位を狙えたろうに、試験とかは適当に流していた。それでも三位なのだから、さすがは〝死導の魔女〟だ。

噂をすれば何とやらで、アルコル師匠がやってきた。

「楽しんでいるか〜？　前期が終わったからって気を抜きすぎないようにの〜」

「こんにちは、アルコル師匠っ」

「お邪魔してますっ」

シエルとマロンはすぐ挨拶する。俺も尻を叩かれる前に立ちあがって出迎えた。アルコル師匠は部屋を訪れては、新品のアイスを掻っ攫っていく。溶けてないのが欲しいから。

……魔法で出せばいいのでは？

「聞いたぞ、三人とも。学園でトップ5に入ったそうじゃの。よくやった。ワシも師匠として鼻が高いわ」

「「「ありがとうございます！」」」

アルコル師匠がドヤ顔で告げたお褒めの言葉に、俺たちはいっせいにお礼を述べる。

結局、シエルやマロンはおろか学園の誰一人、コルアルが〝死導の魔女〟であることに気づかなかった。……ちょっとカマをかけてみようかな。

「俺たちが学園に行っている間、アルコル師匠は何をしていたんですか？」

「そりゃあもちろん、ワシも学園で……ご、ごほんっ！　この家で修行をしておったわ！」

大慌てで否定された。やはり、シエルとマロンは気づかないらしい。まぁ、別にいいか。

アルコル師匠は手当たり次第にアイスを奪うと、逃げるように部屋から出て行った。

シエルとマロンは、納得した様子でうんうんとうなずく。

「アルコル師匠のおかげで、私たちは強くなれたわよね。感謝の気持ちは忘れないようにしないと」

「いっそのこと、学園でも魔法を見てほしいくらいです」

「いつも一緒にいた気になるのは不思議だわ」

だから、コルアルとアルコル師匠は同一人物なんだが。今のところ、アルコル師匠は何も変わったことはしていない。ただ単純に学校生活を楽しんでいるだけのようだ。最初はシナリオに悪影響があるかと不安だったが、この調子なら気にしなくていいかな。

「ディアボロ様、シエル様、失礼いたします。おかわりのお菓子でございます」

アルコル師匠が出ていくのと入れ替わりで、ラウームがやってきた。器用にも両手で四枚のお盆を運ぶ。その上にはお菓子や食べ物が美しく並ぶも、少しも落ちる気配はない。

さすが、ベテランの執事だな。ラウームが入ってくると、すぐにマロンも手伝った。

テーブルに並べた菓子類を見ると、思ったより量が多くて俺は怖じ気づく。

「運んでくれてありがとう。どれもおいしそうだな。しかし、ちょっと数が多すぎないか」

俺は数の多さに少々気圧されたが、シエルとマロンはむしろ嬉しそうだ。

「いえ、私たちにとってはちょうどいいわ。足りないくらいよ」

「安心してください、ディアボロ様。全て食べてしまいますので」

お菓子の補給が済むや否や、瞬く間に数が減っていく。彼女らのお腹はどうなっているのだ。もうずいぶんと長いこと食べて飲んでいるぞ。俺はすでに限界が近い……。

「あの……ディアボロ様……」

俺の皿に載せられたマカロンやケーキを睨んでいると、ラウームに話しかけられた。

「ん？　どうした、ラウーム？」

「大変失礼なお願いがあるのですが……よろしいでしょうか……」

「あ、ああ、俺にできることだったら何でもやるよ」

ラウームはそれこそ大変に真剣な表情で告げる。な、なんだよ、気になるじゃないか。

何を言われるのかと思い、ゴクリと唾を飲むのだが、ラウームはとんでもないことを言ってきた。

「私に……回復魔法を使ってくださいませんか？」

「え⁉　どこか具合が悪いのか⁉」

回復魔法を使ってくれだとぉ!?　ヤバい、ヤバい、ヤバい！　これは聞き捨てならないぞ。ここに来て断罪フラグの復活か……!?

「い、いえ、至って健康でありますが……」

「え、そうなの？」

「は、はい……健康は健康でございます……」

どうやら、体調は問題ないらしい。驚かすんじゃないよ、まったく。執事ギャグか？　質の悪い冗談(じょうだん)だな。

「そうか、心配したよ。体調が悪いときは遠慮(えんりょ)なく言ってくれ」

「は、はい………失礼します……」

なぜか、ラウームはしょんぼりしながら部屋を出る。やっぱり、どこか悪いのか？　不安になるような仕草はしないでくれ。

ラウームが見えなくなると同時に、今度は父上が入ってきた。すかさず、シエルもマロンもピシッと姿勢を正し、起立して出迎える。父上は手で座(すわ)るように合図を送った。

「二人とも座っていてくれ。シエル嬢(じょう)、よく来てくれたな。マロンも今日は休みなんだからもっと楽にしなさい」

父上が言い、室内の空気は和(やわ)らぐ。だが、俺は幾分(いくぶん)かドキドキしながら言葉を待っていた。

「ディアボロ……学校は楽しいか？」

「は、はい、父上のおかげで楽しく過ごさせていただいておりますっ」

もう親子の確執は消失したものの、何となく気まずいというか近寄りがたい気持ちだ。

父上はジッと俺を見た。相変わらず威圧感が半端ないが、その目の奥には優しさが映る。

「……これからも頑張れ」

ボソリと呟くと、父上は部屋から出て行った。心の中で、静かにそして強く決心する。

――期待してくれる父上のためにも、もっと頑張らないとな。

いつの間にか、たくさんあった食べ物や菓子は姿を消し、ソーダのボトルも空になっていた。全部食べてしまったようだ。

「さて、片付けは後にして一度寝室へ行きましょうか」

「え」

「そうですね。お休みはたっぷりありますが、今日からたっぷり楽しみましょう」

「え」

アプリカード先生の目と耳を気にする必要はない。……いや、気にした方がいいのか？

大いに遊び、学び、責めを受け……後期の始業が近づいていった。

【間章：許せない（Side：フォルト）】

「ちくしょうがっ！　傲慢野郎のディアボロめ！　あいつがいるせいで、僕様は少しも目立てないじゃないか！」

寮の前を歩きながら小石を蹴り飛ばす。〝オートイコール魔法学園〟との親善試合が終わり、〝エイレーネ聖騎士学園〟へと帰還した。今日から学園は長期休暇だが、僕は寮に残っている。貧相な村よりずっとマシだからな。

それにしても腹立たしい。己の特別性を貴族たちに見せつけるはずだったのに、またしても失敗に終わった。僕は敵の罠にかかり、崖で足を滑らせたのだ。

結果、落下して気絶。試験終了まで眠り続ける羽目に……。またしても、僕は二番手に甘んじることになってしまったのだ。

——本来なら、聖属性を持つこの僕が一番優遇されるべきなのだ！

ベンチに荒く腰掛ける。とてもじゃないが眠るような気分にはなれず、今日もイライラと過ごすことになりそうだ。

「こんばんは、フォルト君。よくお会いしますね」

ぶつぶつと毒づいていると、後方から美しい声が聞こえた。誰(だれ)かいるとは思わなかったので、心臓が跳(は)ね上がる。振り返ると、青い髪(かみ)に赤い瞳(ひとみ)の女がいた。フェイクル――三年生担当の教員だ。本当に神出鬼没(しんしゅつきぼつ)な女だな、こいつは。

「せ、先生こそ、どうしてこんな夜遅(よるおそ)くに外にいるんですか？」

「私も夜は眠れないことが多いのですよ。それにあなたの悩(なや)みもよくわかります」

「なんでそんなことがわかるんですか。まだ何も言っていないのに」

「実は、私も平民の出身なんです」

「え、そうなんですか⁉」

まさか、フェイクル先生も僕と同じ平民だったとは。急激に親近感が増してくる。初めて会ったときから、何となく近しいオーラを感じたんだよな。さすが、僕の冴(さ)えわたった直感だ。

「優秀(ゆうしゅう)なフォルト君が苦しんでいる様を見るのは、私も心が痛みます。……特別に、次の模擬(もぎ)試験の内容を教えてあげましょうか？」

「ほんとですか！　ぜひ、教えてください！」

「もちろん、内緒(ないしょ)ですよ。誰にも言わないでくださいね。特定の生徒を優遇したことがバレては問題になりますので」

「大丈夫です！　絶対に誰にも言いません！」

なんたる幸運だ。僕だけ先に情報を得られるなんて。これも毎日真面目に、勉学や修行に取り組んでいるからだ。やっぱり、神様は見ていてくださるんだな。

フェイクル先生は僕の耳元に口を近づける。柑橘系の爽やかな香水が鼻をくすぐり胸が高鳴った。

「いいですか、よく聞いてください。次、一年生は冒険者ギルドでの実地訓練を行います」

「冒険者……ギルドですか？」

「はい。学園内での試験を積んだ生徒に、さらに実戦的な経験を積ませるんです」

「なるほど……」

他の生徒は知り得ない情報を、いち早く得る。思い知ったか、ディアボロ。これが平民と貴族の差だ。

「それと、あなたの邪魔ばかりするディアボロさんを出し抜く策も授けてあげます」

「ありがとうございます、フェイクル先生！　なんて素晴らしい先生でしょうか！」

「これも同じ平民出身の好ですよ。まず、ディアボロさんの実力はかなりのものです。ですので、真正面から戦ってはダメです。地形とモンスターの性質を利用して……に崩れる……特別な魔法陣を……」

そのまま、フェイクル先生から詳細な地理やモンスターの生息地を教えてもらう。これぞ特別扱いの極み。自分が他の人間とは違う気持ちになり、テンションが上がる。

――見ていろ、ディアボロ。貴族の身分を見せびらかしていられるのも今のうちだ。次こそ僕はお前に勝つ。再起不能になるほど、絶望的に心が砕けるほど叩きのめす。そして、僕こそが特別な存在であることを思い知らせてやる。

休みの間、僕はフェイクル先生の下で、あの憎い貴族を貶める作戦を練っていた。

【第十一章：冒険者ギルドでの実地訓練と原作主人公】

「皆さん、お久しぶりです。休暇は楽しく過ごせましたか？　ふむ……その様子だと、十分すぎるほど楽しまれたようですね」

アプリカード先生の声が、ぼんやりと頭の中に響く。

ここは〝エイレーネ聖騎士学園〟の教室。長期休暇が明け、また日常が戻ってきた。みんなは目をしょぼしょぼさせながらアプリカード先生の話を聞く。

「ほら、皆さん。シャキッとしてください。〝エイレーネ聖騎士学園〟の生徒たるもの、いついかなるときも規範となるような態度でいてください」

「「……ほぁぁ～」」

注意されるも、我らがアルコル師匠含めみんなどこかぼや～っとしていた。無論、俺もだ。長い休みの後は余韻が残るのだ。この辺りも日本の中高生と変わりなくて安心する。

しかし、フォルト君だけはシャキッとしていた。さすがは原作主人公。こんなときでもちゃんとしている。と、感心したが、さりげなく俺を睨むのはやめてほしいな。怖いから。

「さて、休暇明けではありますが、授業は今日から行います。学園外での実地訓練です」

生徒たちからは微かな溜息が漏れたが、すぐに緊張感が教室を包んだ。今までの訓練はずっと学園の中だった。つまり、俺たちは初めて外へ出ることになる。

みんなもごくりと唾を飲んで続きの言葉を待つ。

「試験は冒険者ギルドでのクエストです。四人一組でパーティーを組み、Bランク以上のクエストをクリアしてください」

アプリカード先生の説明が終わるや否や、教室はざわめきで包まれる。もうこの時点になると、ぼんやりしている生徒は一人もいなかった。隣のシエルもマロンもワクワクした様子で喋る。

「冒険者ギルドなんて初めて行くわ。なんだか楽しみになってきちゃった」

「私もです。ずっと学園の中にいましたものね。外の世界はどんなところか、考えただけでワクワクしてしまいます」

「ああ、俺も楽しみだよ。なんてったってギルドだもんな。しかもただのギルドじゃない。冒険者ギルドだ」

他の生徒に違わず、俺も胸を躍らせる。この辺りは原作でもすごく楽しいイベントだった。ギルドとか行くと、ファンタジー感がグッと増すのだ。ダンジョンだって学園管理の物より複雑で、モンスターたちも強い。願わくは、実際に俺も戦ってみたいと思っていた。まさか、こんな形で叶うとは。人生とは不思議だ。

「それでは、各々好きな方とパーティーを組んでください。魔法や戦闘スタイルの相性をよく考えてくださいね」

アプリカード先生の説明が終わるや否や、両腕を固定された。もちろん……。

「ディアボロは私と組みましょう。逃がすはずがないんだから」

「私も忘れないでくださいよ。二十四時間隣にいることを誓ったんですから」

シエルとマロンにだ。魔法や戦闘スタイルの相性だとかを考える余地すらなかった。まあ、夜の相性は合っているんだけどね……って、やかましいわ！

「あの……ディアボロさん……」

「あっ、はい、すみませ……クララ姫っ⁉」

耳をくすぐるような美しい声が聞こえ、振り返るとクララ姫がいた。

「お取り込み中申し訳ありません。お話ししてもよろしいですか？」

「ええ、もちろんですよ！　俺の方こそなんかすみません！」

クララ姫は女神様のような微笑みを湛え、俺たちを見る。以前の儚げな雰囲気は消え去り、代わりに肌も赤みが差して健康的な印象だった。

「私もディアボロさんのパーティーに入れてもらえませんか？」

彼女の言葉はまったく予想だにしておらず、俺は思わず叫んでしまった。

「え！　クララ姫がですか⁉」

「はい。私を救ってくださったディアボロさんのことをもっと知りたいんです」

クララ姫から直々にお願いされるとは……。呪いを解いた後は、何だかんだお互いに忙しかったからな。久しぶりの会話な気がする。ここはシエルとマロンの意見も聞こう。

「ど、どうする、二人とも」

「私はぜひクララさんとパーティーを組みたいわ。あの木属性の魔法はすごかったもの」

「私もクララ様とご一緒したいです。大変光栄なことで緊張してしまいます」

どうやら満場一致のようだ。というわけで、俺はシエル、マロン、クララ姫とパーティーを組んだ。

意外にも、フォルト君が絡んでくることはなかった。すでに、適当な生徒とパーティーを組んでいる。てっきり、クララ姫を独り占めするなとか言うと思ったのに。もうイキリ期は卒業したのかな。きっとそうだろう。

「じゃあ、メンバーも決まったし、さっそく俺たちもギルドに行こうか」

三人に呼びかけると、シエルたちは表情がひときわキリッとなった。

「ええ、早くしないと良いクエストがなくなっちゃうわ。……先に言っておくけど、ディアボロのサポートは私がするから」

「いえいえ、シエル様。ディアボロ様の隣には私が常にいます。そのためにずっと修行を積んできたので」

「私もお話に加えてくださいませんか？　私の植物魔法こそディアボロさんとの相性はピッタリだと思うのですが」

……何となく空気がギスるのはなぜだ？　いや、気のせいだろう。俺を取り合うなんて、そんなのはあり得ないことなのだ。

□□□

学園から馬車で小一時間ほど。俺たちは冒険者ギルド――〝命知らずの集い（フェイルレス）〟に着いた。二階建ての大きな木造建築。木がむき出しになっていて、無骨だが頑丈（がんじょう）そうな建物だ。当たり前だが、〝エイレーネ聖騎士学園〟のような貴族的な趣（おもむき）はまったくない。三人とも、硬い表情でごくりと唾を飲んだ。俺はゲームで見慣れていたが、やっぱり緊張するんだろう。シエルとマロンは学園にいるときと同じ格好だが、クララ姫はさすがにフードで顔を隠していた。みんなを先導して扉を開ける。

「「失礼しま～す」」

静かにする必要はないくらい、ロビーは賑わっていた。冒険者たちのざわめきや歓談の音でいっぱいだ。俺たちに注目する者など一人もおらず、それが逆にリラックスできた。

まずはみんなでカウンターに行き、俺が代表して受付嬢さんに話しかける。

「すみません、クエストを受けたいのですが受付はここでいいですか？」

「ええ、そうですが。初めての方ですかね？　でしたら、まずは冒険者登録が必要ですよ」

「申し遅れました。俺たちは〝エイレーネ聖騎士学園〟の生徒です」

「ああ～、そういうことでしたか」

受付嬢さんは納得した様子でポンッと手を叩く。すでにギルドには、学園の方から連絡が届いているはずだ。

原作ゲームの設定としては、学園は実地訓練の見返りとして、幾ばくかの支援金をギルドに渡す。ギルドマスターや受付嬢さんなどの運営側は、生徒の成長も楽しみなことがあり好意的だが、冒険者たちは敵対的な態度をとる。貴族の坊ちゃんが冷やかしに来やがって……みたいな感じだ。

ゲームと同じように、受付嬢さんから今回は特例扱いなので冒険者登録は必要ない、と言われ、クエストボードの場所を教えてもらった。ボードの前に着くと、シエルが目を輝かせて言う。

「うわぁ……紙がいっぱい貼ってあるわ。これが全部クエストなの？」

「ああ、そうだよ。ランク毎に貼られている場所が違うんだ」

クララ姫とマロンも初めて見た光景らしく、興味深そうな様子だった。〝命知らずの集い〟はこの辺りでも大きなギルドなので、ボードの依頼はたくさんだ。これだけあれば絶対に良いのが見つかるだろう。

「おぉい、どうしてガキがこんなところにいるんだぁ？」

「ここはガキが来るようなところじゃねえんだぞぉ？」

みんなでボードを眺めていたら、後ろからガサツな声が聞こえた。振り返らなくても、どんなヤツらかはわかる。肩をグイッと掴まれ振り返ると、いた。

「おぉい、聞いてんのかクソガキィ。こっち向けってんだよぉ」

「俺たちがクエスト行けるか評価してやるよぉ」

いかにも……な風体をした男の二人組が。向かって右はくすんだ金色のモヒカンにビリビリに破れた服、左側も似たような髪型とファッションだ。もはや、冒険者というかならず者といった印象だな。

貴族界隈には絶対にいないであろう男たちを見て、シエルたち三人は俺の後ろに隠れちゃった。とりあえず、こういう輩は刺激しないに限る。

「すみません、俺たち今クエスト探しているところなので……」

「おぉい、可愛い子たちがいるじゃねえかぁ。お前の連れかぁ？」

「クソガキにはもったいない女だなぁ。こんなガキじゃなくて俺たちとパーティー組もうぜぇ」

二人組はじりじりと近寄る。シエルたちを見て、欲望がむき出しだった。さっきから語尾を微妙に伸ばした話し方をするのはなぜだろうか。俺の背中から、シエルたち三人の声が聞こえる。

「ディアボロ、どうしましょうかしら。お望みとあらば肉塊に変えるけど」

「灰にする準備はできていますが？」

「蔦でがんじがらめにすることもできますよ？」

「いやいやいや！」

容赦のない三人を慌てて止める。クララ姫も意外と好戦的だった。そういえば、今の俺のステータスはどうなっているんだろう。……ちょっと見てみるか。

――ステータス・オープン！

念じると、頭の中に映像が浮かんだ。

【ディアボロ・ヴィスコンティ】

性別：男
年齢：十五歳
LV：76／99
体力値：9500
魔力値：23000
魔力属性：闇（解放度：★10）
称号：超真面目な令息、給料上げてくれる方、ディアボロ、スパンキングボーイ、有望株、すごい努力家、重い想い人、堕執事、今夜も想う婚約者、有望だが夜行性が惜しい生徒、注目株、目指したい人、俺の熱い目標、白馬の王子様

……こりゃすごい。能力値はもちろんのこと、称号もなんかたくさん増えていた。たぶん、この二人組がレベル76を超えていることはないと思う。何となく雰囲気でわかるんだよな。

彼らは近づいてくると、俺の顔めがけて思いっきり殴りかかってきた。右の男は右手で、左の男は左手で。

「こちとら何年も女を抱いてねえんだぁ！　一人くらい渡しやがれってんだよぉ！」

「独り占めしてんじゃねえぞぉ！　モテない男の気持ちを考えたことあるのかぁ！」

そういうことをするからモテないのでは？　ギリギリまで引きつけて、ひょいっと後ろに動いて避けた。彼らの拳が激しくぶつかり合う。

「「ぐあああ！」」

手を押さえてのたうち回る二人組。……一応、回復してあげた方がいいのかな。

「あの……大丈夫ですか？　俺は回復魔法も使えますけど……」

「うるせえぇ！　そう言って攻撃してくるつもりだろぉ！」

「モテるヤツはなに考えているかわからねえからなぁ！」

捨てゼリフを吐き、彼らは逃げて行った。二人組がギルドからいなくなると、パチパチと拍手の音が聞こえた。他の冒険者や依頼人と思わしき客たちが手を叩いている。

「いいぞー。学生のくせにやるじゃないか」

「あいつらも良い薬になっただろう」

「兄ちゃんたち、クエストも頑張れよー」

やっぱりというか何というか、二人組の男は嫌われていたようだ。

「ディアボロはさすがねぇ。戦わずに勝つなんて」

「私だったら手加減せず、灰にしてました」

「無駄な争いを避ける姿勢が素晴らしいですね。王女としても勉強になります」

シエルとマロンは褒め、クララ姫も笑顔で讃えてくれた。気を取り直して、みんなでクエストを探す。数分も経たずに、良さそうな依頼が目に入った。

「ねえ、みんな。これとかどうかな？」

俺は三人に言いながら、ボードから一枚の紙を取る。

〔〝竜虎の迷宮〟の第五層に生息している、ネオ・アルミラージの角を五本採取せよ〕

何の変哲もない採取依頼だ。初めてのダンジョンだし、シンプルな内容の方がいいと思った。三人も賛成とのことなので、受付嬢さんのところに持っていき登録を済ませる。

「ネオ・アルミラージのクエストですね。……はい、受注しましたよ」

「ありがとうございます。じゃあ、俺たちはこれで……」

「あっ、ちょっとお待ちください。〝竜虎の迷宮〟に行かれるなら、一つお伝えしておきたい情報があります」

そう言うと、受付嬢さんはカウンターから一枚の紙を取り出した。俺たちに見せながら説明してくれる。

「今、第六層で暗黒炎龍ダンケルヘイトの目撃情報が報告されています。ご存じかと思いますが、非常に強力なSランクモンスターです。ネオ・アルミラージがいるのはそれより上層ですが、くれぐれも注意なさってください」

彼女の言葉を聞いて、俺たちの間に緊張が走る。

――暗黒炎龍ダンケルヘイト。

全長およそ20～30mの巨大なドラゴンで、漆黒の鱗は硬いだけじゃなく、一枚一枚が極めて高い耐魔法効果を持つ。魔法攻撃のダメージを四割もカットするのだ。

さらに、その口から吐く黒い炎の魔法ブレス――《黒焔滅却》は重度の火傷をもたらし、一度触れると全身が朽ち果てるまで消えない。もちろん爪や尻尾による物理攻撃も超強力で、レベル50程度なら即死する。

倒し方も難しい。身体のどこかにある逆鱗を攻撃することで、一時的に鱗の特性が消失する。その間に、特大の魔法攻撃を当てて一気に体力を削るのがセオリーだ。ランクは正真正銘のS。レベルは個体差があるものの、だいたい75～80くらいだった。

俺たちは学園に入学してからも修行を積んできたが、Sランクモンスターは別格の強さを誇る。さすがにドキドキするな。隣にいる三人からも緊張感が伝わる。シエルがやや震えた声で言った。

「だ、大丈夫かしら、ディアボロ……」

「そうだなぁ……クエストだから確実に安心とは言えないけど、第六層に近寄らなければ平気だと思う。十分に気を付けて挑もう」

最終準備もそこそこに、俺たちは〝竜虎の迷宮〟へ歩を進める。

□□□

「そっちに行ったぞ、シエル！」

「了解！　《重力網》！」

ウサギ型のモンスターが一匹、ダンジョンの奥へと駆けていく。隠れていたシエルが重力魔法を使い、そいつを捕らえた。俺も彼女の下へいき、長く伸びた角を魔法で切る。モンスターは逃がしてやった。

「これでよしっと。思ったより良いペースだな」

「マロンさんとクララ姫も無事に集められているかしら」

「あの二人なら問題ないさ」

「それもそうね」

　松明(たいまつ)に煌(きら)めくのはネオ・アルミラージの角。俺たちは二手に分かれ、依頼をこなすことにした。今あるのは三本だから残り二本だな。

　通路の奥では、マロンがネオ・アルミラージを火魔法で追い立てるのが見えた。待ち構えていたクララ姫が蔦で締(し)め上げる。そのまま、スパッと角を斬(き)り落として採取した。

　シエルと一緒に呼びかける。

「マロン、クララ姫ー。そっちはどうだー？」

「順調みたいねー」

　向こうの二人は笑顔で手を振るので、特に怪我(けが)もしていないようだ。駆け寄ると、マロンとクララ姫は角を見せてくれた。

「ディアボロ様、シエル様。ちょうど今、角を回収したところです」

「今まで見た宝石よりずっと美しい角ですわ」

　光に当たるたびダイヤのように輝く。ネオ・アルミラージ自体のランクはCだ。レベルは30手前。それでも鋭い角は威力(いりょく)が高くて突進力(とっしんりょく)もあるから、油断していると返り討(う)ちになるだろう。角には貫通魔法が宿っており、魔法壁だけでなく金属の鎧までも貫いてしまう。

すばしっこいし、何より彼らの習性が厄介だった。ネオ・アルミラージはとある強力なモンスターと行動を共にするのだ。無論、俺たちは学園の講義ですでに基礎知識は履修している。マロンが角を持ちながら俺に尋ねる。

「ディアボロ様、私たちは二本採取することができました。そちらはどうでしょうか？」

「ちょうど三本集めたところだよ。ということは……」

「『依頼達成～！』」

喜びで、俺たちは天井に向かって両手を突き上げた。やっぱり、クエストの達成だとかは嬉しいな。模擬試験と違って、これは本当の人間が頼んだ依頼だ。自分たちの頑張りが誰かの役に立ってくれれば嬉しい。とはいえ、まだ全部が終わったわけじゃない。

「さてと、喜ぶのはこれくらいにして、さっさとダンジョンを脱出するか」

「そうね。クエストはこの角をギルドに持ち帰るまでだわ」

俺とシエルの言葉に、マロンとクララ姫も気を引き締める。

「暗黒炎龍も怖いですけど、例のモンスターとも遭遇しないといいですね。丸焼きにするのは楽しそうですが」

「そのときは私も植物魔法で援護いたしますわ。蔦でがんじがらめにさせていただきます」

俺たちが話しているのは、Aランクモンスター、ブレイクバッファローだ。レベルは60半ばもあり、頭に生える二本の角は、個体によって異なる属性の魔力を宿す。彼らの突進は熟練の盾使いですら防ぐのに難儀し、〝漆黒の死神〟なんて異名もあるほどだ。

ネオ・アルミラージはブレイクバッファローの棲み処の近くに巣を作る。守ってもらう代わりに、自分たちの角の一部を食べさせるのだ。まぁ、共生といったところか。

あまり長居はせず、ギルドへ戻ることにする。足を踏み出したとき、後ろから悲鳴が聞こえた。

「ディアボロ、助けてくれ！　仲間が全滅したんだ！」

振り返ると、フォルトが大きな声で叫んでいる。遠くからでも必死の形相が見えた。何より、彼の言葉は俺たちに緊張をもたらした。俺は胸がひんやりして大きな声で叫ぶ。

「全滅ってどういうことだ!?　何があった！」

「ブレイクバッファローに倒されたんだよ！　運悪く遭遇してしまった！　みんな大怪我してるんだ！　とても僕だけじゃ治しきれない！　一緒に治してくれ！」

「わかった！　待ってろ、フォルト！　すぐ行くから！」

「ありがとう、ディアボロ！　こっちに来てくれ！」

フォルトは通路に面した部屋に入った。俺たち四人も急いで駆け寄る。扉を開けて中に入ると真っ暗だった。怪我人はおろか、フォルトも見えないほどだ。

「「怪我人はどこに……うわっ！」」

部屋に入った瞬間、床が崩れ俺たちは真っ逆さまに落下した。とっさに下を向くと、地面まではおよそ30ｍほどもある。打ちどころが悪かったら大怪我じゃすまないぞ。

「《闇の反重力》！」

とっさに魔法を発動し、俺たちはふんわりと地面に降り立った。

「みんな、無事か？」

「ありがとう、ディアボロ。ごめんなさい、すぐに対応できなくて」

「おかげで怪我せずに済みました。我が主は本当に機転が利く方でいらっしゃいます」

「ディアボロさんはいつも冷静ですわね」

三人とも怪我はしていないようでホッとした。天井を見ると、ぽっかり穴が空いている。脆くなっていたのだろうか。というか、フォルトの仲間は無事なのか？

そう思った時、獣の唸り声のような音が聞こえた。

『ゴルル……』

「「え！　ま、まさか、そんな……！」」

みんなの口から悲鳴に近い叫び声が上がる。目の間には漆黒の鱗に身を包んだドラゴン。口から漂うは黒みがかった不気味な息吹。

あろうことか、暗黒炎龍の目の前に落下してしまった。

「みんな、静かにするんだ。なるべく刺激しない方がいい」

すかさず小声で言うと、シエル、マロン、クララ姫はそっとうなずいた。暗黒炎龍は口の端から黒い蒸気を漂わせながら、俺たち四人を睨む。敵かどうか見定めているような様子だ。下手な刺激を与えなければ、攻撃されないはず……。

なるべくなら余計な戦闘は避けたい。相手がSランクならなおさらだ。俺一人ならまだしも、ここには大事な仲間たちがいる。俺は小声で三人に計画を伝える。

「慎重に下がろう。視界から外れたら一気に駆け出すんだ」

三人はこくりとうなずく。じりじりと下がり、もう少しで通路だというときだ。上方から白い光の弾が飛んできて、暗黒炎龍の頭に当たった。

『ゴアアアアア!!』

暗黒炎龍は威嚇するように巨大な咆哮を轟かせる。光弾が飛んできた方向を見ると
………フォルトが立っていた。崩落した天井の縁に彼がいる。さっきのは《聖弾》だったのか。フォルトは誇らしげな顔で俺を見降ろす。

「何をやっているんだ、フォルト！　刺激するんじゃない！　俺たちの状況がわかるだろ！」

「ディアボロ、君は僕様の罠にかかったのさ。暗黒炎龍の目の前に落とすというね。優しく食われることを祈るんだな。……まぁ、安心しなよ。学園には〝不運な事故〟ということで報告しておくからさ」

吐き捨てるように言うと、フォルトは姿を消した。さすがのシエルたちも怒る。

「あの人最低ね。ディアボロの命をなんだと思っているの」

「絶対に許せません。このマロン、過去最大級の怒りを感じております」

「学園に戻ったら先生たちに報告いたしましょう。王女としても許せません」

三人の言うことももっともだが、今は目の前に巨大な壁が立ちはだかる。

「となると、まずはこいつをどうにかしないといけないが……」

暗黒炎龍は今や、完全に俺たちを敵と判断した。《聖弾》の一撃を喰らって、フォルトと俺たちは仲間だと認識したんだろう。口から漂う吐息は黒みを増し、こちらを睨む視線は一段と凶暴だ。

「ディアボロ、今度は私たちが戦うわ！　いつも守られてばかりだもの」

シエルの掛け声で、マロンとクララ姫が俺の前に立ちふさがった。

「そうです！　私はディアボロ様のメイド。主をお守りするのが使命です」

「命を救っていただいた恩、今こそお返しするべきですわ！」

彼女らは俺を守ろうとしてくれている……。心を打たれ、しばし言葉を失ってしまった。

「《重力超網(グラビティ・ネオネット)》！」

「《蔦礫の刑(イビル・クリーシン)》！」

空中からは重力で生成された巨大な網が現れ、床からは何本もの太い蔦が生み出される。暗黒炎龍に襲い掛かり、その動きを止めた。シエルの重力魔法とクララ姫の植物魔法だ。マロンは周りの空間が歪むほどの魔力を溜め、一気に放つ。

「《業火の大竜巻(ヘルファイヤ・トルネード)》!!」

『グルァアアアァッ！』

暗黒炎龍の全身を、炎の巨大な竜巻が覆う。天井を突き抜けるほどの勢いで燃やし尽くす……ことはできなかった。

『ウゥウウウ……ガアアァァッ！』

鼓膜が破れそうなほど大きな咆哮が轟いた後、炎の竜巻は弾け飛んでしまった。暗黒炎龍がゆらりと姿を見せる。全身は焦げているものの、致命傷を負ったわけではなさそうだ。

マロンの攻撃は強力だったが、ダメージが四割もカットされてはなかなか決定打にはならない。俺の口から自然と声が漏れる。

「さすがはSランクといったところか」

「「そ、そんな……」」

三人は厳しい表情だ。彼女らは命をかけて俺を守ろうとしてくれた。

――今度は俺の番だ。

彼女らと入れ替わるように前に出ると、暗黒炎龍は黒い炎のブレスを放った。触れた生物を完全に灰にする悪魔の吐息――《黒焔滅却》だ。炎の一部が触れただけでも非常に危険極まりない。闇属性の強固なバリアを発動し、みんなを守る。

「《闇の七層結界》」

かざした右手から黒いオーラのようなバリアが展開される。俺たちを中心に半径5mほどの大きさで、魔力の層が七層も重なったバリアだ。ブレスが激しく当たり、バリアが振動する。まるで嵐の暴風を防いでいるかのような強い衝撃だった。《黒焔滅却》は致命傷になり得る攻撃だが、魔力を燃やすことはできない。防いでいればやがて収まるはずだ。

思った通り、十秒ほど待つとブレスは消えた。バリアは半透明なので、目を細める暗黒炎龍が見える。《黒焔滅却》が防がれ、次の手を考えているのだろう。

『……ルァアアッ!』

前脚を振りかぶり、勢いよく振り下ろす。強靭な爪による一撃。数多のプレイヤーを葬ってきた、通称〝暗黒昇天〟と呼ばれる攻撃だ。爪がバリアに突き刺さる。たった一撃で第五層まで突破された。元より、長期戦は望んでいない。

俺だけバリアから抜けると、三人に向かって叫んだ。

「みんなはそこから動かないでくれ！　こいつは俺が倒す！」

まずは、暗黒炎龍のターゲットを自分に集中させる。《闇の剣》を生成させ、左前脚に力の限り叩き下ろす。ガギンッという鈍い音とともに弾かれた。こいつの鱗は物理的強度も高い。やはり、一度逆鱗を攻撃しないとダメか。

ダメージは与えられなかったが、暗黒炎龍の注意を引くことができた。踏まれないよう注意して攻撃を避ける。図体がでかい分、小回りが利く相手は苦手なのだ。

「《闇の眼》」

魔力の密度を一時的に可視化する魔法を発動する。暗黒炎龍の鱗は、高密度の魔力で守られている。だが、逆鱗は別だ。他の鱗より魔力が薄い。その特徴を利用すれば、この魔法で逆鱗を探し出せる。

全身を隈なく見ると、尻尾の付け根にある鱗の色が一枚だけ薄かった。あそこが逆鱗だ。一撃で狙い打て、ディアボロ。シエルに教えてもらった重力魔法を併用して、闇の剣を一直線に飛ばす。

『！　グルァ！』

剣が突き刺さると同時に、暗黒炎龍は苦しそうにのけ反った。漆黒の鱗が全体的に灰色へと変わる。今がチャンスだ！

全て使い切るつもりで魔力を練り上げ、両の掌を暗黒炎龍の首に向けた。

「《闇斬撃の標》！」

漆黒の衝撃波が猛スピードで飛んでいく。すかさず、暗黒炎龍はもう一度《黒焔滅却》を放って迎え撃った。だが、まだ逆鱗を攻撃されたダメージから復活しきっていない。初撃よりずっと弱い一撃だ。

衝撃波はブレスごと切り裂き、暗黒炎龍の首を落とす。ゴトンッと重い音が響き、ダンジョンは静けさに包まれた。一瞬の沈黙の後、三人の仲間が勢いよく俺の下に駆け寄ってくる。

「ありがとう、ディアボロ！　さすがだわ。あんなに強力なドラゴンも一撃で倒してしまうなんて！」

「私の炎は全然効きませんでした。お見事です、ディアボロ様！」

「やはり、あなたは今まで見たどんな強者より強いお方です！　王女としても深く尊敬い

たします！」

シエルとマロンは大喜びし、クララ姫にいたっては俺の手を力強く握ってくれた。

「いやいや、みんなが弱らせてくれたおかげだよ。俺は最後のトドメを刺しただけさ」

シエルたちと一緒に、暗黒炎龍を倒したことを喜ぶ。彼女らに怪我がなくて本当に良かった。喜びはするものの、俺はある疑問を感じていた。フォルトが言っていた〝僕の罠〟。怪我人がいるとかは全部嘘で、俺たちをおびき寄せるためだったのだろう。

――しかし、どうしてフォルトは正確な位置を知っていたんだ？　暗黒炎龍の目の前に落ちるような正確な位置を。

このダンジョンは学園生徒の実地訓練にも使われるくらいの攻略難易度なので、地図自体はギルドでも購入できる。だが、暗黒炎龍の出現はイレギュラーだ。そこまで把握できたのはなぜだろう。

疑問は止まないが、まずは脱出しなければ。シエルに重力魔法を使ってもらい、俺たちは第五層に戻る。ちょうど、崩落した穴の中を通った形だ。第五層の床に降り立つと、俺たちを待っていたかのようにフォルトがいた。俺を見ると、その顔に憎しみの感情があふれた。

「まったく、面倒なヤツだ。君が灰になるのを見届けるつもりだったが、どうやら僕様が直々に手を下す必要があるようだね」

彼の目を見るだけで、これから何が起きるのか容易に想像つく。

いよいよ、道を間違えてしまった原作主人公との戦闘が始まるのだ。

俺は努めて冷静に問う。

「フォルト、どうしてこんなことをしたんだ。さすがに冗談では済まされないぞ」

「どうしたって……全て君が悪いのさ」

「……俺が？」

いきなりお前が悪いと言われ面食らう。記憶を思い返してみるが、恨まれるような心当たりはなかった。俺が尋ねる前に、シエルたち三人が激しく憤る。

「フォルト、罠ってどういうことなの！　私たちを下層に落とすなんて！　下手したら死ぬところだったわ！」

「しかも、あの暗黒炎龍の目の前ですよ！　本当に怖かったんですから！」

「ディアボロさんがいなかったらどうなっていたことか！」

フォルトは両手を上げ、シエルたちの言葉を制した。

「ディアボロ、君さえいなければ僕様はこんなことをする必要はなかったんだ。君さえいなければね……僕様は真に特別な存在になれたのさ。学園の中で光り輝き、あらゆる人物から注目を集める人間になれたんだ」

　フォルトは不気味な微笑みを浮かべながら話す。彼の話を聞くだけで、少しずつ怒りが湧いてきた。

「お前は、自分が誰よりも注目を集めるため……そんなことのために俺たちを……シエルやマロン、クララ姫まで危険にさらしたのか？」

「そうだ。……いや、そんなことなんて言わないでもらおうか。僕様の崇高な目的なんだからね」

「だったら、俺だけ狙えばいいだろう。彼女たちまで巻き込むんじゃない」

「君が侍らせている女も同罪だ。僕様の魅力を無視するのだからね」

　意味がわからない。まるで、ただの逆恨みじゃないか。逆恨みどころか、一方的な恨みだ。シエルたちはもはや呆れ果てている。

「……ねえ、あの人は何を言っているの」

「私もまったく理解できません」

「ディアボロさんは少しも悪くありませんのに……あまりにも横暴すぎます」

　彼女たちの言葉も、フォルトに届くことはないようだ。彼の目は、完全に欲望で曇っている。自尊心や虚栄心、色欲……本来なら澄んだはずの瞳は濁りに濁っていた。

「フォルト、一緒に学園へ帰ろう。そしてアプリカード先生やクルーガー先生に謝るんだ」

「馬鹿にするな。僕様は謝るようなことはしていない。むしろ、謝るべきは君の方さ、デイアボロ。君のせいで僕様の特別性は損なわれてしまったんだ」

「フォルト……」

説得を試みたが、聞く耳をもってくれなかった。

彼は特別うんぬんと言っているが、実はフォルトには……五大聖騎士の血が流れている。エイレーネ王国を救った五人の聖騎士の一人——〝清浄の守り手〟ヘルトの血が……。だから、彼が特別な存在なのは確かだ。確かなのだが……。

「さあ、今ここで君を亡き者にし、僕様こそ学園の羨望の的であることを実証する。君がいなくなれば、みんな僕様に注目するはずなんだ」

肝心の本人に難がありすぎる。本来なら学園で過ごす毎日の中、少しずつ行動を変え改心する。だが、この世界のフォルトは行動を変えず改心しなかったのだ。

「落ち着けって、フォルト。まずは話を聞いてくれ。お前がやったことは人を命の危険にさらす、本当に危険な行いなんだよ」

「僕様は冷静だ。頭は冴えに冴え渡っているさ」

……ダメか。フォルトに考え直すつもりはないようだ。本気で俺を殺そうとしている。

「ディアボロ、お前の命は今日ここで終わりだ！　《次聖弾》！」

　フォルトは何の躊躇もなく、俺たち目がけて光の弾を飛ばしてきた。今までの《聖弾》より一段階大きく強い攻撃魔法だ。学園生活で訓練を積んでいるから、彼も成長しているのだろう。しかし、この程度の攻撃なら……。

「……な、なに!?　素手で……弾いたっ!?」

　右手を軽く動かしただけで、フォルトの攻撃は弾き飛ばされた。ダンジョンの壁に当たって爆発し、大きな窪みを作る。フォルトは一瞬驚いたが、すぐにまた睨むような形相になった。

「まぁ、いいさ。僕様だって大変な鍛錬を積んできた。ディアボロ程度簡単に倒してやる」

　話していても埒が明かないだろう。ここは倒して連れ帰るのみだ。

「フォルト、少し痛いかもしれないが我慢してくれな」

「は？　いきなり何を言い出すん………がっ……はっ……！」

　俺の拳がフォルトの腹に食い込む。全力で駆け出して、彼の腹を殴ったのだ。もちろん、殺してしまうほどの威力ではない。少しの間気絶させるだけだ。暗黒炎龍との戦いで魔力はだいぶ消費したが、これくらいは造作もなかった。

　拳がメリメリと食い込む中、フォルトは息も絶え絶えに話す。

「な……なんで……勝てないんだ……」

震えるように吐き出された言葉から、フォルトの本当にわからない気持ちが伝わってきた。勝てない理由か……。それはこの上ないほどシンプルだ。

「努力が足りないからだよ」

「……ぼ……僕様は特別なんだ……だから、努力なんて必要な……い……」

呟くように言うと、フォルトはガクリと気絶した。力なく俺の手にのしかかる。フォルトの体勢を変えていると、シエルとマロン、そしてクラ姫が駆け寄ってきた。

「大丈夫だった？　ディアボロ、怪我はない？」

「ディアボロ様、ご無事ですかっ」

「またまた守られてしまいましたね」

床には大きな穴が開き、下層には暗黒炎龍の死体が見える。手元には気絶したフォルト。

「俺は大丈夫だよ。まずは……先生たちに報告して判断を仰ごう」

クエストは達成したし、俺たちだけでは対処できない問題だ。よって、すぐ学園に帰るのが先決だろう。フォルトをおぶりながらダンジョンの出口へ向かう。

——いったい……彼はどこで道を間違えてしまったのだろうな。

【間章：僕は特別な人間なのに（Side：フォルト）】

「フォルト、お主は自分の行いについてどう思っておるんじゃ？」

「ぐっ……」

男の声が聞こえ、目が覚めた。こ、ここはどこだ？　僕は冷たい床に転がっていた。身体を動かそうにも動かせない。縄で縛られていることに気づくまで、少しの時間を要した。

「ダンジョンでの落盤事故の誘発……これは重い罪じゃの」

目の前にいるのはクルーガー。この学校の学園長だ。周りには学園の教員たち。僕を取り囲むように弧を描いたテーブルに座り、一様に厳しい視線を向けていた。

壁際には数人の屈強な男。衛兵か？　ま、まずい。どうやら、僕が裏で画策したことが知られているらしい。でも、まだ誤魔化せるはずだ。決して罪を認めてはいけない。

僕は白を切ることを決め、あくまで無実を主張する。

「じ、事故の誘発とはなんでしょうか。僕には何のことかさっぱり……」

「お主がディアボロを殺そうと、ダンジョンの床を崩したことじゃよ。ちょうど、ディアボロたちが暗黒炎龍の巣の真上に来たときにな。覚えておるはずじゃ。自分でやったんだからの」

クルーガーは淡々と僕の作戦を告げる。怒鳴ったりしないものの、逆にそれが威圧感にあふれ恐ろしかった。喉がカラカラになり呼吸が浅くなる。

「しょ、証拠はあるんですか。僕がダンジョンの床を崩した？　というその証拠は……」

「証拠ならある。崩落した床の破片から魔法陣の痕跡が見つかった。足を踏み入れると床を壊す術式のな。フォルト、お主の魔力も感知されたぞよ」

そう言って、クルーガーは石の破片を見せてきた。薄っすらと魔法陣の一部が浮かんでいる。クソが、余計なことをしやがって。しかし、どうする。どうやって誤魔化せば……そうだ！　あの女のせいにしてやれ！

「ぼ、僕はフェイクル先生に唆されたんです！　いえ、脅されたんです！　全部、フェイクル先生の陰謀です！」

「フォルト、フェイクルなどという先生はおらんぞ？」

「………えっ？」

慌てて教員たちの顔を良く見る。アプリカード、レオパル………その中に、フェイクルはいなかった。ど、どういうことだ。

「なんで……なんでいないんですか！　おかしいでしょう！　今すぐ探してください！」

「学園の先生はワシを含めて十二人しかおらん」

そ、そんな……。フェイクルは教員じゃないだと？　じゃあ誰だ。そう考えていると、じわじわと実感してきた。

——僕は……嵌められたんだ。

フェイクルの目的はわからないが、僕はあの女に利用されたのだ。騙された怒りに身を焦がす。……いや、いっそのこと、全てあの女の責任にしてしまえ。

「クルーガー先生、聞いてください！　フェイクルという女は僕に〈逆転の実〉という謎の木の実を渡してきたんです！　それを食べなければ殺すと言われ……」

フェイクルとの一件を話す。上手く言葉を選んで、僕のせいじゃないと主張してやったぞ。これで免責されるはずだ。

「……ふむ、お主がフェイクルと名乗る女と接触したことはわかった。まさか、学園にそのような不審人物が侵入しているとは思わなかったの。これからはもっと警備を厳重にしよう」

「じゃ、じゃあ……！」

「しかし、脅されていたなら、お主はなぜワシや他の先生たちに相談しなかったんじゃ？」

　クルーガーの言葉を聞いた瞬間、時が止まったような錯覚に陥った。

「あ……そ、それは……その……」

「他の学生から、フォルトはディアボロを嫌っていたという話もあるの」

「だ、だから、それはあいつが貴族を鼻にかけて振舞うからで……！」

「ワシやアプリカード先生たちの目から見ても、ディアボロは真面目で質実剛健。少なくとも、他人に迷惑をかけるような人間には見えないが？」

「ぐっ……」

　なんだよ、これはぁ！　どいつもこいつもディアボロの味方をしやがる！　これだから貴族の優遇は……。

「フォルト、お主は本日をもって退学処分とする」

　…………は？　クルーガーが告げた言葉に思考が止まる。

「お、お待ちください、クルーガー先生！　僕は……！」

「また……」

　問いただす前に遮られた。ま、まだ何かあるのか？　身構えて待っていると、かけられたのは思いもしない言葉だった。

「お主の危険性と為害性を鑑みた結果、収監処置が決まった」

「………は？」

思わず、素の声が出た。収監処置？　誰を？

「牢の中で反省せよ。さあ、連れて行け」

「「はっ！」」

「ま、待ってください！　おい、待てよ！」

部屋の壁際から、数人の屈強な男たちが近づいてきた。みな、胸には剣が交差した紋章がある。王国騎士団だ。抵抗する間もなく、ガシッと掴まれ連行される。

「学園長……念のため、フェイクルという人物の調査を始めた方が……」

「ああ、そうじゃな。フォルトにも牢で詳細な話を聞くかの」

連れ去られる中、教員たちの話し声が遠くに聞こえた。

「ふ、ふざけるな！　僕様は無罪だぞ！　悪いのは全てフェイクルだ！」

教員はおろか衛兵も聞く耳を持たず、騎士団の一人とともに馬車に押し込められた。ガシャンッ！　と重そうな錠が落ちる。

馬車が動き出すとともに、少しずつ認識する。全て………僕の行いが悪かったのだと。

カンニングでズルして試験を通過し、学園では希少な聖属性を鼻にかけて傲慢に振舞い、僕より優秀な人物を妬むばかり。まさしく愚か者だ。

――どうして…………もっと真面目に過ごさなかったんだ。ディアボロとだって仲良くしていれば今ごろは……。

せっかく故郷でまたとないチャンスをもらったのに。自分で台無しにしてしまった。まっとうに努力して期待に応えれば良かったのだ。心の中は後悔で満たされる。

僕を待っているのは暗い牢獄だけ。心の中はぐちゃぐちゃになっていく。

【間章：教会の人柱（Side：フェイクル）】

学園から脱出した私は、森の中を駆けていた。どうやら、フォルトは退学処分になったらしい。ダンジョンの落盤事故に見せかけて、暗黒炎龍にディアボロたちを殺させる作戦も失敗したようだ。仕方がないだろう。無能を形にしたような男だからな。まぁ、失敗したところで別に構わない。元々そこまで期待していなかったのだ。

収監予定の者は、一度街の収容施設に連行される。そこで諸々の手続きを済ますのだ。〝エイレーネ聖騎士学園〟も例外はないはず。木陰に潜み機を窺う。学園から街までは、必ずこの幅が広い一本道を通る。フォルトにはまだ利用価値があるので、回収する予定だ。

「それにしても、ディアボロは面白いヤツだ……」

思わず小声が漏れる。今まで暴虐だったが、ある日突然、何の前触れもなく、努力家で優しい人物に変わったという。この現象に、私はある仮説を立てた。

――ディアボロの中には異なる人間が宿っている。そう、この私と同じように……。

そのように考えれば辻褄が合う。外見は同じで、中身だけ変わっているのだ。簡単には信じられない話だろうが、私の仮説は真実だと考えられる。

あの男は今後の計画に支障をきたす可能性もあるが、逆に利用できる可能性もあった。

よって、しばらくは様子を見ることにする。

待機していると、馬車が走る音が聞こえてきた。フォルトを乗せているあの護送馬車だ。

さて、雑念は振り払わなければ。大事な仕事の時間だ。

「《闇分身》」

私の身体からゆっくりと、オーラのような分身が現れた。分身体は道の中央に出ると、佇んで馬車を待つ。思った通り、馬車は目の前で止まった。

「「こら、そこをどきなさい。急いでいるんだ……ぐぁっ！」」

分身に気を取られた騎士たちを不意打ちするのは簡単だった。たしか、騎士はもう一人いたはずだな。直後、護送用の頑強なキャビンから出てきた騎士も倒す。これで邪魔者はいなくなった。キャビンの中を覗くと、怯えた様子のフォルトがいた。

「フェイクル先生！　どうしてここに⁉」

「あなたを助けに来ました。まずはこちらに……縄を解いてあげましょう」

フォルトを外に出し縄を解く。身体が自由になるや否や、フォルトは叫んだ。

「お、お前は誰なんだよ！　学園の先生じゃないんだろ⁉　この僕様を騙しやがって！

どうしてくれんだ！」

「騙していて申し訳ありません。たしかに、私は〝エイレーネ聖騎士学園〟の人間ではありません」

「ほら見ろ！　じゃあ誰だって言うんだよ！」

「私は……　〝魔族教会〟の人間です」

「…………え？」

先ほどの威勢はどこに行ったのか、フォルトは力が抜けたような真顔になる。ポカンとしては私の顔を眺めていた。

――〝魔族教会〟。

封印されて久しい魔王を復活せんと活動している教団の名だ。愚か者たちからは危険視されることも多いが、私たちの思想こそ人類を導く。

「優秀な人材を集めるため、各地を放浪していました。結果、フォルトさんという素晴らしい人を見つけることができたんです。どうですか？　私たちのところに来ませんか？」

「あ、い、いや……でも……」

フォルトは怖気づいている。ふむ、少しずつ警戒心を解いていくとするか。

「フォルトさん、考えてもみてください。平民でありながら聖属性を持つ、極めて貴重な人材であるあなたをないがしろにしたのは、〝エイレーネ聖騎士学園〟です」

「え……？　い、いったいどういう意味で……」

「彼（かれ）らはあなたの価値に気づかなかった」

　フォルトの視線が揺（ゆ）らぎだす。この男は本当に扱（あつか）いやすい。価値があるとか特別だとか言っておけば、簡単に操（あやつ）ることができる。

「あなたは〝エイレーネ聖騎士学園〟のような鳥籠（とりかご）に閉（と）じ込められるような器ではありません。どうか……あなたの特別な才能を私たちに貸してくださいませんか？」

「特別な……才能………」

「そうです。あなたには特別な才能がある」

　力強く告げるとフォルトの瞳から怯えや迷いは消え、代わりに黒い野心の炎（ほのお）が燃（も）え盛（さか）る。

「フェイクル……いや、フェイクル先生、僕を連れていってください。〝魔族教会〟に」

「ええ……もちろんです。これからもよろしくお願いしますね」

　大事な人材を連れ、森の中に足を踏み入れる。魔王の復活に向けて、着々と準備が進んでいた。まずは、この男を信用させるところからだ。

　――光と闇は表裏一体（ひょうりいったい）。

　フォルト………こいつは良い人柱になる。

【第十二章：新しい人生】

「ディアボロさん、よくぞ我が校の大事な生徒を守ってくださいました」

「ワシからも礼を言わせてもらおう。称賛もな。暗黒炎龍を倒した一年生……しかも、たった一人で倒したなど、学園始まって以来の快挙じゃよ」

アプリカード先生とクルーガー先生の声が響いた後、講堂は拍手の音で包まれた。座席には二年生や三年生たちも見える。フォルトの危険な罠からみんなを守り、ひいては暗黒炎龍までをも討伐した功績を讃えられているのだ。

「私はあなたのことを少々過小評価していたかもしれませんね。まさしく、ディアボロさんは歴史的な生徒です」

「ありがとうございます、アプリカード先生」

アプリカード先生から〝魔石プレート〟をいただく。あの後、学園だけでなく、ギルドからも褒められた。もっとも、正規のクエストではなかったので報奨とかはないが。

〝竜虎の迷宮〟での一件を終えて、フォルトは退学処分になった。故意的な事故を誘発し、俺たちに大怪我を負わそうと……いや、殺そうとしたからだ。今後は監獄で余生を過ごすと聞いている。フォルトの件は一段落ついたが、まだ謎はいくつか残っている。ダンジョンを崩落させたのは俺への恨みとして、暗黒炎龍の真上に落ちる場所がわかっていたこと、彼が攻撃魔法を使えた理由も気になるな。まぁ、この辺りは学園側の調査に任せよう。座席に戻ると、シエル、マロン、クララ姫が迎えてくれた。

「すごいわね、ディアボロ。学園からもギルドからも称えられるなんて」

「Sランクモンスターを倒した一年生は初めて……もはや、歴代最強の一年生ですね」

「王女としても同じ学園の生徒としても、私はあなたを誇りに思います」

三人はパチパチと控えめに拍手してくれた。

――俺は暴虐令息ディアボロ・ヴィスコンティ。

自分が苦しめたヒロインたちに断罪され、命を落とす悪役。だが、どうにかして回避できている。俺の新しい人生は始まったばかり。どこまで続くかはわからないが、これからも精一杯生きよう。

「じゃあ、さっそく今夜は労わないといけないわね。みんなで」

「このところ忙しかったですから、思う存分楽しみましょう」

「皆さんで協議した結果、今晩から私もご一緒することになりました。どうぞよろしくお願いしますわね、ディアボロさん」

…………夜は不安だがな？

【あとがき】

作者の青空あかなです。この度は本作をご購入くださり誠にありがとうございます。

主人公のディアボロが周囲の最悪な評判をどんどん覆す爽快な展開と、ヒロインたちとの賑やかな毎日を楽しんでもらえたら嬉しいです。

電子書籍には、限定のＳＳをご用意させていただきました。本編では詳しく描かれなかった、ディアボロの夏休みのお話です。とても面白い不思議な体験だと思いますので、ぜひ読んでいただけたら幸いです。

最後になってしまい誠に恐れ入りますが、謝辞を述べたく思います。

とてもカッコよく可愛い素敵なイラストをいっぱい描いてくださったイラストレーターの赤井てら先生、刊行に向けて多大なお力添えをいただいた編集担当様、ホビージャパン文庫編集部の皆様、出版にご尽力いただいた全ての関係者様、そして何よりも、本作をご購入くださった全ての読者様に深く御礼申し上げます。本当にありがとうございました。

処刑フラグの悪役貴族に転生したが、死にたくないので闇魔法を極めてヒロインたちを救います1
病弱なヒロインをケアしたらなぜか俺が溺愛された件

2025年5月1日　初版発行

著者――青空あかな

発行者―松下大介
発行所―株式会社ホビージャパン

〒151-0053
東京都渋谷区代々木2-15-8
電話　03(5304)7604（編集）
　　　03(5304)9112（営業）

印刷所――株式会社DNP出版プロダクツ

装丁――AFTERGLOW／株式会社エストール

Printed in Japan

ISBN978-4-7986-3843-0　C0193